U0123112

李世成——著

目錄

推薦序

小說的留守者

童偉格

在台積電文學賞的評審會後，相隔近三年，重讀李世成的《紫馬》，對我而言，此作仍然就是此作全文，如實所示的那樣——它的優點，一方面顯而易見；另一方面，它所成就的獨特靜謐，卻也難以由他人，藉另一種話語，來代為妥善而完整地再現。只因關於《紫馬》，我們初始最顯見的，正是作者白描複雜事景的優異能力。

事實上，整部小說裡，俯拾即是簡潔生動、令人印象深刻的書寫。如「第一部分」裡，從婆媳日常紛爭，直至分家之夜的冰雹與篝火場景。如「第二部分」，清早，在向家屋神龕祈語之後，母親背幼兒出門，沿途噤聲，深怕驚動鬼神的一路行旅。以及當然（我最想推薦讀者一讀的），在浙地A鎮，母親與阿妹相伴，搜尋曠工阿弟的一日奔波裡，一切的細節叢集：雪地上的足跡；既麇集一處、卻又各自閉鎖的工人屋舍；阿弟莫名的恐懼；他孤身蟄藏橋洞時，全程隱密的自死之念。

冷隔的夜火；雨後的山路；寒冷上工日，同伴們相互抹消的鞋印。凡此種種，原則上，是由栩栩微物，所疊加而成的靜景，在李世成筆下，皆彷彿浸潤了人的更遠程的觀照。於是，小說裡，這些暫留的靜景，彷彿也就脫離了一時的氣象，而使諸般微物，亦皆折射了事關暫留的逾恆憂思。我猜想，若要簡單定義，則說不定，《紫馬》全書所封印的，正是這樣一種始終如一的惘惘預感。就此而言，我也猜想，閱讀《紫馬》的過程，不免，即是試圖辨識作者獨有之感覺結構的歷程——試圖，如李世成所可能感知的那樣，體察恍若無事的表象底下，世上無事，不正在順時壞空的深切嚴峻。

當小說以平寧修辭、收斂一切人事的衝突性，憑此，成為奔流時間裡，一個恍如不變的刻度，卻又以此刻度，來反寫時間更盛大的橫暴（它無論如何，總能弭平人的種種不適）伊時，這樣的小說，總令時間的流逝本身，顯得就像是萬有之中，最大的那個難題。彷彿原地耗盡的時間，正是人的最大磨難。這樣的書寫，總使我想起契訶夫——多年以來，我始終記得，雷蒙・威廉斯以「嚴厲」一詞，來形容契訶夫貌似溫和的個人視域。他認為，在契訶夫的作品裡，「即便個人理想，也是集體失敗的一種形式」；只因「能夠給人帶來拯救的，不是人對未來的憧憬，而是未來本身，但人卻被切斷了與它的聯繫」。

這似乎，亦是《紫馬》的基本意向：小說前後兩部，所各自指涉的所謂「明天」，重複具現了時程的徬徨無路。或者，就《紫馬》這部小說，在平寧修辭底下所內蘊的，人對時劫的耐心經受（endure），這一根本命題而言，同時，也就比契訶夫更為內傾的視域看來，則也許，李世成所延異的，毋寧更是福克納的小說思維。由此，特別的是，在李世成筆下，無論人稱與視角如何轉變，這種耐心，總矛盾地伴隨角色，對自我境況的敏感覺知，而使人在面臨無解僵局時的可能麻木，在小說裡，被換語為角色更活絡、也更切近本真的內心抒陳。

就此而言，《紫馬》正是自身書寫的反命題——並非是對時劫的外顯承受，而是對「經受時劫」，此事本身的內向思索，使小說裡的所有角色，被一致地，統攝在一個畢竟未遭時劫所深切摧毀的虛構結界裡。

如今我猜想，這個以現代小說寫作技藝，去復育的昔日情感結界，也許，才是整部《紫馬》，意欲複寫的一種自我理解。也於是，誠然，就《紫馬》的清簡筆法而言，我們亦很自然地，會將其連繫上華語抒情小說自身的系譜：一個從沈從文、汪曾祺，也許，直至曹乃謙的想像始末。然而，我卻認為，與諸般可能的系譜承續，同樣值得重視的，恰是一如上述，李世成這位年輕創作者，對小說系譜性的個人在場反思。

因為終究，《紫馬》全書，並無系譜末端的曹乃謙，在最初作品中所顯現的，對閉鎖鄉土，平白直述到近乎殘酷的解剖力道與意圖。《紫馬》，事實上亦無系譜起點的沈從文，在寫作最後，所完成的時間老人，對橫暴時代的蘊藉懷藏——彷彿眼下野蠻，終可在餘生度盡，異地就是原鄉，幹校矮凳形同史研所書案，皆是對文明的更深厚的信任。《紫馬》擁有的，是一種將時代與人事的歧異，皆源本化入個體青春畛域的深刻與寬闊。

也許亦是因此，整部《紫馬》，才會依循一種極其明確的二元結構：相對於「第一部分」的若有系譜承續，「第二部分」頗奇異地，集中曝現了那位結界統攝者暨年輕思索者的實存。獨特的既是，這依舊是某種小心翼翼的代言，或者，某種深怕驚擾旁人的自我贈與：李世成將「紫馬」第一人稱化，開始對著「你」，這位今日的歸鄉者傾語。獨特的亦是，所謂「紫馬」並非馬，也不是紫色的，而僅是昔日的留守年歲裡，「你」所據在的一只「原木色的三腳凳」。「紫馬」：因為名實不符，所以，是由逝往年歲所歸來的，最確切的證物。

「紫馬」：今日的歸鄉者所僅需的，一角最小巧的故土。「我只需要用我的三只起支撐作用的平穩的木腳陪伴你就夠了」，小說裡，紫馬這麼說。具體說來，亦是從這角故土的陪伴、與竟爾傾語開始，重複的時序，成為可無數次重溯的時間。那已在「第一部分」揭明的，「給祖先送行」的同一個大年初三，如今，自我留滯為一切儼然未曾遠去的純粹等待。就此而言，整部《紫馬》，惟有《紫馬》自領的豐饒探問——這樣的一位青春主體，對逝往的留守與離異。

相當遲鈍，我是直到兩年多以後，在重讀時，才比較確切地，意會到小說裡，這位青春主體的實存狀態，以及究竟何以，《紫馬》如斯落實了自身的結構。彷彿如此顯見之事，果真，亦就是整部《紫馬》，最深藏的靜默。對我而言，這種靜謐的探問，同時，亦逆行於當代的現實，指向一個愈晚近就愈珍罕的，屬於小說藝術的純粹場域。而我亦相信，這部小說因此適合讀者，反覆地重讀。

祝福出版以後，《紫馬》時間的生成。

推薦序

文學（獎）的命中率

劉梓潔

即使不投文學獎，寫小說一事本身就是個賭博，是個刮刮樂兌獎遊戲，輸贏只有作者自己知道。

總是寫著寫著會進入某個靈光乍現或天旋地轉的瞬間，狂喜快感猶如一道電流，由鍵盤上的指尖直通心臟與眼球，通體舒暢，泫然欲泣，心底浮出兩個字——中了！

彷彿某個古老的寫作之神在幾千幾萬年前設下的謎題，你寫著寫著彷彿刮開彩券上的銀色塗層，我想寫的與我寫出來的一字不差地貼合，這已是作者獲得的最大獎，在寫作的當下，其餘的獎，都是多的，都是額外的紅利賜予。

當然，寫得不順的時候就像輸到脫褲的落魄賭徒，這也只有自己知道。賴在賭桌不走不是為了回本，而是想重返、想一次次經驗寫作的高光時刻。

我不知道《紫馬》的作者李世成在投出稿件之前，在寫作過程是否已經歷了無數個刮中大獎的時刻。在我看來，是的。小津安二郎說：「電影以餘味定輸贏。」而我認為小說以第一句定生死、最後一句決勝負。

他在路邊忙碌，香一根一根立在路邊，要是以前的土路還在，他就可以將供香插進地面了。

第一次讀到《紫馬》時，我被這質樸簡素得彷彿從土裡長出來的文字驚艷到說不出話。我想，作者要不是個我手寫我口的素人（上一次讓我有同樣驚艷感覺的是中國大陸作家林白的《婦女閒聊錄》，但那是帶著「意識」的記錄真人聲音的采風錄），要不就是隱身貴州山寨的高手。讀到最後一句，我確定了，絕對是後者。

樓下院壩有些空蕩，這座老式社區所在的高地下是馬路，路邊有燈，燈下有河，河的另一岸有人家。

六萬餘字的小說，沒有角色名字，第一部只有「他」、「她」，第二部只有「我」、「你」。沒有情節，只在祭拜祖先與修雞籠等日常碎屑瑣事中，如鉤針刺繡般地，勾出一個又一個家族絮語。沒有衝突，但那些外省找工的直白記述，卻殘忍得逼出眼淚。充滿日常對話，卻不用一個引號，這絕對是作者高度的審美，在這麼安靜的小說中，引號都顯得喧嘩。人稱與視角不斷流轉，卻像在厚實軌道上緩緩推移的鏡頭，毫不跳躍突兀。即使有漢語與方言的聲道切換，亦無任何委屈或控訴之感，也不強調鄉土的「正確性」。這是極其節制、也極其有覺知的作者，才能一路把持得住，不炫技，不流俗。

例如這段：

……她們也不知道漢語裡有「未來」這一詞，她們在布依話裡，用另一個聲音加以翻譯和替換，她們說的是「以後」，她們的一生沒有未來，只有同樣看不清楚的「以後」。

將語言縫進生活與命運，乍看是最傳統的寫實主義小說，實則是震撼江湖的新物種。彷彿在機器量產的後工業化時代裡，出現了一襲純手工精品，以素樸技藝，手工打造。過往此類民族式的寫作，要嘛長期田野蹲點，要嘛土生土長原汁原味，但在《紫馬》中讀到的，卻超乎此兩項基本功，若可粗暴地類比，我會說，是沈從文的《邊城》、林白的《婦女閒聊錄》、加韓少功《馬橋詞典》、加安妮．普露《斷背山》、加徐振輔《馴羊記》……並且可以一直加上去。

若問《紫馬》命中了什麼，我想是直直地刺中了每個人艱難活著而養成的堅硬的心，戳進硬殼底下仍舊柔軟溫熱的部分。而這，不正是小說第一句即揭示的？作者的筆，就是「他」的供香，向小說之神獻祭之後，將軟化讀者硬化的水泥路，插入柔軟的泥土路。

命中率，百分之百。

接著我想說說文學獎的命中率。第六屆台積電文學賞應是我當評審以來，命中率最高的一次。擔任初審與複審評審，有時會比作者更緊張更在意，我力保選出的那篇，最後是否在決審也受到委員（長輩）們青睞，獲得大獎呢？

高翊峰與我那組就選出兩篇：《紫馬》與《標準美》，分別獲得評審團特別獎與副賞。命中率百分之百。而這兩篇正好是小說光譜的兩端，傳統手工與未來科技的極致，《紫馬》扎扎實實凝視山村家族人事流轉，《標準美》跨界拼貼挑戰媒介極限，讀這兩篇小說，真的讓我感覺到，能夠寫小說是最自由也最幸福的事。寫小說一事本身就是個寫作之神特別獎。

「要是知道在等什麼，那就沒有人會等了。」

——安部公房《S·卡爾馬氏的犯罪》

第一部分

1

他在路邊忙碌，香一根一根立在路邊，要是以前的土路還在，他就可以將供香插進地面了。這塊水泥路，是村裡統一安排的硬化路中的一段，他買來水泥和石頭，將自家圍牆也翻新了一番。他對故土有一種刻在骨子裡的眷念，「本家萬萬年」，他說過類似這樣的話，他的兄弟曾經用這句來概述親情的力量，他卻用在一種維繫家園的有關「堅守」、「繼承」的思路上。這沒什麼不好，把圍牆修起來，院內的壩子，就算地震也損毀不了，這是他的原話。

十分鐘前，她讓他去路邊插香，給祖先送行。他雖不情願早起，卻因為初三這一日子本身的催促使他睜開眼睛，他穿上衣服，將衣服裹得足夠嚴實。他草率地洗了一把臉，問她，都收拾好了嗎？她說都收拾好了，就等他點香，拿錢給祖先，過會兒還要將布匹和肉塊放擔子裡，挑去路邊給祖先送行。

她坐在逼仄的房間裡，這間房是兩間瓦房中的一間，廚房與客廳共用，如果村裡已經將客廳這一稱謂普及了的話，這間窄室便是客廳了。你起來了呀？她對你說。我還說等你爸點好香再喊你。她說。——你當然知道，你還沒有重要到這地步：在家人供祖先的時候你還藏在神龕背後的小隔間呼呼大睡。水她已經燒好了，你正在洗臉，他在堂屋默默撕掉紙錢，紙錢上是用特製的凹口鏨子敲釘過的，上邊的印痕，是上下兩個月痕合扣的圖案。一共有多少孔，你沒有數過，你只知道屋裡逢年過節點香需要點七根，三根插在神龕上的大竹筒做的香筒裡。旁邊那用短木板做的小香案上，小竹香筒裡也要插一根，那是敬懂陰陽的祖先用的，據傳你祖上有精通堪輿者。一根插神龕底下接觸地面的篾縫敬土地，一根插在灶邊敬灶王神，一根插在大門旁的竹篾縫裡，你沒有問過這根香是要敬哪裡。但你知曉每逢過節需要敬神時，大門旁都要插上一根香，這根香該是敬外戚祖先的，或者僅僅只是一個信號，起到邀約的作用。

他自顧在撕紙錢，他知道，敬供先人們的紙錢比在世之人的錢幣容易發揮作用多了。他只需要一張張撕下，乾脆俐落，不是很急，也沒有很緩慢。他想說一些每年她都會在供桌前同祖先說的絮語，他同祖先道別時也會簡要說些話，他會從她說過的話裡撿拾一部分來低聲請求，他會截出那麼些話，諸如，護佑家人平安，保佑家人都能掙到錢，小孩長大了考上好大學，有出息，還沒結婚的孩子，保佑他找到合心的姑娘，以後生下的孩子茁壯成長，學習用功，先人們才有臉有面……

香案上的香，灼燒的部分從一開始的挺拔逐漸變得彎曲，香灰掉在竹筒裡，掉在香案上，掉在地面上。竹編的神龕被貼上幾層白紙，看起來清清爽爽，神龕上的對聯發出紅豔的光，節能燈的照耀下，紅光更明顯。你看著紅對聯，目光遵循你的腦力，將暖色調的燈泡替換節能燈，你看到對聯上的黑字，它們彷彿有了光影，字跡有著它們自己的影子。光線變暖了，你的臉上因此變得紅光滿面。你看向你的母親，此刻她因早起，有些勞累，她坐在灶邊低頭沉思。這一幕太像她的母親了，你頓時有所悟，每一個女人老去都會長成她們的母親。那你呢，你會不會像你的父親？

忘記放鞭炮了，他說。她聽到後，給你一把火機，你接住了她又從你手裡拿回去。她說去門外用香點吧，你知道她是讓你拿插在大門邊的那根正在緩慢灼燒的香去點鞭炮引線。你拿起一坨鞭炮向門外走去，拿香點鞭炮令你放心了些。你再也不能像幼時那樣左手拿火機，右手拿一顆鞭炮，在引線燃燒完畢前將其扔向高空。後來你分析過，除了熟練，還有另一個優勢是你童年的手臂相當短，你拉起的圓弧，蓄勢甩動手臂的弧度足夠短，在鞭炮被引爆炸響前能妥當將它扔出去，斜扔向前方，或者仰頭扔向高空都可以。

你要將鞭炮攤開放在院壩裡點，她沒讓。她說他們每次都只將一整卷鞭炮直接點上燃放。你居然懷疑他們是在節約時間，但想到鞭炮的聲音，那種疊加的爆炸聲，或許更像他們需要的春節，你沒有堅持拆開鞭炮將其展開繞幾圈在地上再點燃，已經不是需要你考慮美感或者意願的時候了。你只需要將這炷香燃著的這一頭接近地上露出的引線，你的任務就算完成了。這頓送行餐，也即正式開始。外面那些陸續進屋的看不見的親人，他們熱鬧著相互邀約，開始了開始了，我們上桌，吃好喝好……他們談論著後輩，談論一些只有他們看得見的奇聞，或許他們也點評了一下當下的鞭炮有多攢勁。他們在一旁看著在世的親人，溫和地看著，沒有同後輩們說話，這桌餐飯是給他們準備的，小輩們只管在旁候著，等他們先吃……

他表情嚴肅地蹲著撕紙錢。離他左肩斜向一米處立著他前天剛釘好的雞籠，雞籠一共有三層，每層由薄板木條豎釘而圍成一個長方形，第二層困住了幾隻公雞，是他特意從村人手裡買來的本地雞。她的目光看向雞籠，從省外回來的這些天，他唯一在做的一件事就是釘雞籠，他說，用木條釘一釘而已，不需要多大功夫。這些天他都在床板上呼呼大睡，固執且綿長的呼嚕聲不分白天和黑夜，在替他訴說一年在廠裡有多累。事實上他上班的時間沒有她多，他一遇到身體不舒服便向廠裡請假，而她呢，無論是重感冒，還是拉肚子，頭腦昏昏沉沉，或是體力虛脫，也在堅持上班。從沿海A鎮回來後，他一直在睡覺，除了吃飯的時候。從白天睡到黑夜，從黑夜睡到白天。房屋總要有人來收拾，她整整花費了五六天的時間來打掃樓上樓下，各個能清理的角落和能移動的物什。這就是一年的時間了，一年是以陳舊灰塵計算的，它們有多厚，時日就有多厚。她先從自己那個窄小隔間開始清掃，得把充塞其間的東西搬出來，才能將物什占據的角落清理乾淨，床腳，床頭，整張床鋪滿厚厚的塵土，明明在離家前她已將一整張巨型編織袋蓋布蒙住了床鋪，那是她用好幾個編織袋拆開鋪平縫補在一塊的。現在床上依然到處是塵土，它們從瓦縫漏下，從樓上的竹篾縫隙裡漏下，室內也會起風吧，她想，不然怎麼會有那麼多灰塵鑽到她明明蓋好了的編織袋蓋布裡去，她還在整張蓋布的四角繫上帶子，拴在木床的四個邊角處。磚牆上掛上數不清的蛛網，蛛網上附著的灰塵顏色蓋住蛛網本身的顏色。還有木櫃子，她想喊他起來和她一同搬出去，聽到他的呼嚕聲，她就不想喊他了。她想到了一個辦法，出門到院壩找幾個磚塊，四塊不夠，八塊，十二塊，她在櫃子的每一角墊上三塊磚頭，這樣，櫃底比原有的縫隙擴增不少，她能將掃把伸到櫃底清掃了。灰塵，還是灰塵。她將她的窄小臥房隔間能抱出的東西都騰出去了，用掃把清除灰塵只是第一步，之後她開始將不用了的乾毛巾擦臥室裡的東西，能用乾毛巾擦的就多擦幾遍，每擦完一會兒又得去院壩將灰塵抖盡，多拍打幾下再回屋擦拭。

她好不容易將自己臥房東西騰出去，用乾毛巾將灰塵擦掉，再回來用濕毛巾擦拭應該擦拭的床條，木櫃。她腰開始疼了，她伸直了腰身，到院壩裡站了一會兒。她將從竹篾鋪成的樓板上拿出的空桶，放在屋外，她實在沒有精力把幾個空桶先清洗乾淨，她只洗涮了其中兩三只。這些空桶是她從省外帶回來的，她積攢這些裝過化工用品的塑膠空桶的目的，是為了給她的兩個兒子辦一場婚禮，她清楚婚禮上水桶有多重要。如果遇到停水，或者僅僅只是盛水應對婚禮上的流水席，這些水桶也能派上用場。她讓腰身休息一會兒，趁著空當將洗好的幾個空桶移到院壩裡的水龍頭下，她知道，等她接滿三只桶，她應該也休息夠了。看著這二十幾只空桶，她想起了她的母親說她的話，心太猛。說不定是自己錯了，積攢這麼多年的水桶，放在樓上，基本沒派上用場啊，除了水缸旁的三兩只，她用來蓄水的目的是以防停水。她想像中的孩子的婚禮，一場都沒有在她面前舉行。大兒子的孩子快九歲了，他沒有和兒媳舉行結婚典禮，只是去民政局領了證。她的小兒子說，要等老家建起了新房，他自己在城裡買了房，才考慮結婚的事情。她抬頭看了看這棟兩間磚瓦房，房子越看越小，她的生活，他們一家的生活卻越看越重，重在哪裡她也覺察不出，她只是覺得這眼前，眼前瓦簷下的一切，都太重了。

去年除夕的傍晚，鄰家嬸子遇到她就大聲說，你家大兒子帶著你孫子回來過年了。亂說噢，她第一反應是這句。她不相信自己的大兒子會帶著兒子回家過年，每次她打電話讓大兒子節約用錢，大兒子便說，你再嘮叨，我就不回來過年了。他倒是學起了他父親將兒子放在岳母家，如今孫子幾歲了？她應是想了十幾秒，她同其他婦女一樣用布依話在心裡念一遍天干地支紀年法，以此來算她的孫子多少歲。孫子八歲了，謝天謝地，他真回來了。她從村寨中央跑回家，卻沒看到她的孫子，她的大兒子沒有家裡的鑰匙，自然是在村裡哪位他熟悉的朋友家等他的母親或者父親到來。他沒有給父母打電話，他的想法是要給父母一個驚喜。她折回寨中那幾家小賣部問，她兒子是不是先前還在他們這兒，小賣店的店主說剛才他們還在，眼下不見人了。她一路打聽下來，大兒子已經在寨子裡喝起了酒來，那家人屋內，一幫青年圍在桌上正喝得起勁。她問兒子，她的孫子哪裡去了。兒子抬起朦朧的眼睛，看向他母親說，在小賣部。她生氣了，她剛從小賣部出來。輾轉好一會兒，才知道是他堂妹帶去她家了。

孫子進屋還沒停當，便開始大哭，她只好哄他，哄不住，孫子還是哭。他抱著孫子說，乖孫孫，你看到我們家是破瓦房就哭了，不像外婆家是大樓房。她和他都沒有去過兒子那在外省的岳母家，只是通過二兒子手機上，在他大兒子的QQ空間，打開相冊所見。二兒子將圖片點開，用拇指和食指將圖片放大，她得以見到孫子，以及孫子在屋裡屋外玩耍的照片，他們家真是好看，他慨嘆。她瞪了他一眼，用布依話說，你這樣說，孩子怎麼不更是哭得凶。她從他膝蓋上拉住孫子，孫子聽話地到她懷裡來，她叫她孫子的小名，說不哭啊，我們家很快就起新房子了，明年我們回來就建起新房子啊，你叔叔說明年我們就要建新房子了，這個叫老家，老家的房子重修後就是新房子。她的孫子不哭了，他開始話多了起來，他問這問那，他說我們的老家現在是暫時的，明年我們真的開始修新房子嗎？他們夫婦笑了起來，他更是笑中帶淚，反倒是她比丈夫堅強，她只是慈愛地看著孫子。眼前的就是一切啊，一家人。

她清理好了自己的逼仄的臥間。抬頭看了看竹篾編成的擱架，只是這擱架連成一片，被大家統稱「樓上」，現在，村裡可就只有他們家還是磚瓦房了，過去的十多年磚瓦房仍然還很多，甚至二十多年前村裡還有好幾家是草房。她本可以不用清理「樓上」，這樣將會用去她好幾天的時間，「樓上」的積灰可想而知，為此她和他爭吵了起來，他堅持不用清理，過完年就將老房子拆了。她的想法是，萬一今年房子建不成呢，再出去一年，樓上的積灰又會有多少。樓上清理乾淨了，樓下也舒服些，不用怕大風天到處漏灰。他說，說不過你，要整你自己整。

她踩著木梯爬上樓去。她將三只紡織口罩疊著一齊戴上，還是感覺到吸進了好多灰塵。可她不能再加第四只了，那樣呼吸會更加困難。他在神龕後面的呼嚕聲此起彼伏，聲浪洶湧澎湃。她深深嘆息一口氣。她先將堆在家神上的杉樹板材清理了一番，為了少讓灰塵竄進家神後他的臥間，她早已將一片加厚的布料遮住了通往他臥間的門前。看到這些優質板材，明顯比最初的幾年他們去打工的年月少，她知道這些板材的去處。那一次她去水鴨問巫婆，祖先借用巫婆的口唇告訴她，還能是誰拿去呢，是那個不知道疼你們的阿奶。可我沒看到她那邊有我們家木材啊，她問。那個自稱是她祖太公的聲音娓娓道來。那一年七月十五，來幫她在家做飯的親戚，待到敬供完畢，他收拾東西回家的時候，忘了關門。那天阿奶過來一起幫忙，走的時候兩人都沒有想到要關門。後面啊，後面木板她拿去給誰了我就不說了，唉，還能是誰呢，那年她疼愛的女兒正在起房子呢。祖太公的口音在那套平房內餘音飄渺。他還勉勵她，我兒啊，誰吃虧誰就好，以後你們的日子只會越來越好。她居然想，要是在木板上略微灑水，那灰塵會少一些吧，她居然丟掉了這麼多年的勞作經驗，當然她馬上就知道，在木頭上灑水會給木質造成損傷，樓下睡覺的懶鬼，管他呢。蜘蛛也真是奇怪，樓上倒是少有搭網。木板上出現的黑色小顆粒，她知道，她過幾天就得去鄰居家抱一隻貓過來養幾天了。她坐在木板上看樓上堆積成山的各樣具器，各種竹編的筐筐，多少年沒用它們了。還有靠在最裡邊的炕籠，也得有二十年沒用了，上一次用還是她的兩個兒子上初一時，用來給他們烘衣褲，為了讓孩子們星期天趕去學校前有乾淨的衣褲穿，她晚上便會將這炕籠架在火塘上，火塘裡蓋住和好的濕煤，孩子們第二天回學校前總能穿上她親手給烘乾的衣物。她的目光像是被揚起的灰塵擋住了，一時無法再看清這炕籠。

堂屋清理起來也相當麻煩，地面上雜物過多，得不斷移動物什才能清掃好，那些附著積灰的東西，輕的都要拿出去抖一抖，即便很多地方在離家前已將編織袋罩布蓋住，只要還有空隙，灰塵就可以四處攀爬，你也不知道它們怎麼上躥下跳的。人年紀越大，看東西越大，什麼東西都堵得慌，她想到剛嫁過來不久，或是小孩才幾歲時，仍然相信生活不是眼下的樣子，一切只是暫時的。那時候她和兒子追一隻小老鼠，都能追出歡樂的笑聲。那隻小老鼠慌裡慌張，從左端跑到右端，再從右端跑回左端，她站在左邊守著，她的小兒子在右端集中精神候著，右腳敏銳地等待小老鼠經過，後面是小兒子一隻腳下去，將小老鼠的跑動和聲音給終止了，一隻小老鼠至死，還不知道怎麼回事，來不及想該用何種痛苦的聲音表達痛苦，牠應該是如何也無法預料到了，有的生活，是到死也容不下一聲慘叫的。

她的目光停在堂屋正中那片竹編的擋板，它的正面被框出一個豎狀的神位，用作神龕，但他們這邊叫作「家神」，香筒便擺放在那塊木板上，木板則擱在神位的正中間，由左右兩端的短木固定，短木插在竹編的擋板上。香筒裡所插的香頭，還是去年他們離家前上香留下的，整個房屋的灰塵，也就香灰最乾淨了，她想。神龕上的東西，有些她明白了，有的一直沒有弄明白，比如神龕最底處，逢年過節殺雞，都要從雞脖子上拔下幾根毛蘸上雞血粘在神龕上。神龕的位置，被他用白紙貼上，貼了好幾層。家神上的對聯是他們的小兒子寫的，他們的孩子在上小學六年級時對他父親說，以後我們家的對聯我自己寫吧。他說這話的時候，是因為他看到他父親在前一年，用錢去請村裡的一位男性寫，當時那位先生在村裡擺攤賣對聯。他們的小兒子覺得，自己要寫毛筆字，也可以寫。從那以後，家裡的對聯都是他寫了，連同鄰居家的，每年都會有三五家喊他去寫對聯，每到除夕前一兩天，鄰居遇到她都會問，孩子要回家過年了嗎。家神上的漢字，她不知道怎樣就算寫得好，她會以她四叔曾經說過的一句來判定一個人寫毛筆是否上道了。她的四叔說，寫毛筆不能填筆。她看著對聯上幾乎一劃而就的字，以及用墨的均勻程度來判定她的孩子今年的字是否寫得比去年好。

鄰家有狗在猛吠。她想起她孩子八九歲的模樣，兒子長得多高，還沒有在她腦際給呈現出來，她印象中孩子很喜歡家裡的兩隻狗，到週末了，喜歡帶其中一隻狗去山上，兒子總是覺得通過他的小白狗幫襯，能逮到一隻野兔。她罵過兒子，放學了不好好學習，跑去山上瘋玩。兒子一般不會解釋，他知道他的母親說過了就過去了，並不會真的要和他計較。只要他不和他的哥哥打架，或者跑去河邊玩，他們兄弟倆是不會挨打的。

她看到八九歲的自己，從幾工一個叫蛇坡的地方戰戰兢兢向家裡走去，她的母親那幾年腿腳不便，風濕病的折磨常令母親在深夜或白天暗自嘆息。父親在鎮上的供銷社賣肥料，很少歸家。那天她和母親去蛇坡收黃豆，他們收割黃豆是將莖葉連同豆莢一塊割下的，成熟的黃豆莖葉乾了以後他們可以用來引火煮飯。那天她在一根棍子上的兩端各掛兩小捆黃豆杆，多了她挑不了。小小的她經過幾工大寨的時候就開始慌了，要面對那幾隻惡狗，她在心裡祈禱千萬別遇上牠們，每次祈禱，每次碰著，每次哭喊著慌亂跑過那條必經之路。她邊哭邊從地上撿石頭嚇狗，每次撿石頭，最終也只是嚇到了她自己。她哭著挑著黃豆，走過了大寨她還在哭。還有幾趟呢，她多跑幾趟，等傍晚的時候母親就能少背一點。第三趟的時候，她在被惡狗追咬的過程，她都忘了先前腿腳顫抖，反倒覺得很有力氣哭，她經過大水溝的時候，還在哭，但她清楚自己不能掉進溝裡，要穩當地踩著石頭過水溝，一旦鞋子進水了，她再爬蛇坡就很容易摔倒了，她知道蛇坡有多陡峭，一摔下去，若是不滾到山溝底下，人是不會停下的。走過大水溝，惡狗是不會追來了，她放下肩上的四小捆黃豆，她終於能放心地大哭了。

從小寨那邊過來了一位大娘，要到大寨去，看她哭得很厲害。大娘握著一根木棒，木棒因常年手握變得相當光滑，她將木棒狠狠地往地面駐了幾下罵那幾家人，狗凶也不拿繩子拴著。她教小女孩一個辦法，下一趟，要經過那家人院門之前，在路邊撿起小石塊，屏住呼吸用衣角藏住，這樣就不會遇到狗了。之後的幾趟，她真的就沒有在那條大寨通向小寨的必經之路遇到惡狗了。

她現在還能看清那幾隻狗的模樣，最兇狠的是一隻黑灰狗，牠總是衝到最前面，幾次差點就咬到她了，後面跟著的黃狗，還有白狗互相擠著奔過來，除了牠們大張狗嘴吠叫，她幾乎都能看到那幾隻狗握著拳頭了，那幾隻狗將積攢的對人類的不滿都傾倒出來，怒氣鋪滿一地。那些狗鬍鬚，狗嘴邊，鬍鬚也猙獰。現在，那條路上，她看到了牠們的主人，少投狗食，委屈的狗趴在院壩上將下巴低低地放在某塊平整的石塊上。她還看到牠們的主人，一個婦女，或一個男人，因某件事不太順心拿牠們出氣。

現在，她不恨牠們了。

2

她看向那三層雞籠，確實是補幾個木條而已，一層補幾個，外出打工多年，雞籠的木條被老鼠噬咬或者自行朽壞，輕輕一碰就斷了。他大年三十晚上才想起要修補雞籠，這個晚上，當真是像年三十夜一樣趕了，她不知道老一輩人怎麼會有這樣的總結。大概是一年的活堆到年尾，再忙也要在除夕夜前忙完，可不能讓舊年的物事堆到新年。

雞籠前是廢棄多年的石磨，以前的麵粉或者玉米麵，都是靠那床石磨磨出來的。那些年月，她可有力氣了，一個人推磨，自己添勺，自己磨麵粉。鄰家的姑娘喜歡來和兒子玩，那會兒她教兒子說晴隆方言，而鄰家的姑娘自是更習慣用布依話說話，她們逗小孩時，總是八句布依話兩句方言，尤其趁大人不在場，教小孩說髒話。她一邊推磨，一邊和兩個小姑娘說話，她們喜歡帶她的兒子（大兒子寄放在幾工），是因為他說漢話可愛，還有就是她將兒子拾掇得極為乾淨整潔。小孩圍著個圍片，是她親手縫製的，小孩脖子下還有個類似於嘴兜的布片，用來給他擦嘴用，小姑娘們帶他出去，就不怕他流鼻涕了，他的孩童時期也幾乎不流鼻涕。吃東西時，他的媽媽已經將孩子的嘴唇給擦乾淨了，小姑娘們帶他到自己家時，偶爾會將一些黃果給他吃，或者她們的哥哥去河裡釣魚，有魚湯時她們也會給他剝魚刺餵他吃食。她發現兒子會說髒話後，告訴他對大人說髒話是不禮貌的，他點頭答應以後再也不說了。但說髒話能使他和帶他的姊姊增進友誼，也能使他有種莫名的喜悅之感，他會守在路邊，遇到比他大十多歲的，當然他沒有年歲的概念，但他已會判斷，哪些人應該叫哥哥，哪些人應該叫叔叔。他們那邊的人，尤其小孩，喜歡稱叔叔為「耶耶」，所以，會有這麼一道風景，有個小孩守在自己家院壩的石梯口，對過路的青年們禮貌地喊，阿耶耶，那些青年愉快地答應了一聲後，他的下一句是，吃小雞雞嗎，他很有禮貌地補充。當然了，他不會被打，只會在一陣怪異的表情之後聽到哈哈的笑聲從路口飄去。如果這時候帶他的姊姊們在，青年們是不會那麼快走了，他們要拖拉著不忙走，而是多和帶他的姊姊們說話，如果是異姓的青年，他們有的還會約兩個姑娘去趕集。她們當然會伴怒，說，誰稀罕和你們去趕集。

她不知道他還會不會想起，以前剛分家時的樣子。

那個夜晚，起先是下雨，後面下起了冰雹。她抱著小兒子，坐在火邊，雨如何在透明塑膠布上劃去，她看得清清楚楚，火光映在塑膠布上，外面的暗夜也似乎被捂紅了，她並沒有覺得冷。冰雹將塑膠敲擊得劈裡啪啦響，為了那篝火不滅，他將竹編的曬穀盤罩在篝火上方，用木條支起。他的背影，和釘雞籠的背影沒有區別。這一天白天剛分家，大兒子和小兒子一齊哭，她忙著哄孩子，他們誰都沒有說話。也沒有想到要去他父親那邊躲雨。白天孩子的奶奶就吼過了，這種日子要分家了才好過。她嫌棄她的兒媳婦只會帶娃。這由不得她了，大兒子兩歲，小兒子半歲。孩子的太奶奶說了一句，兒啊，不要這麼忙慌，等孩子大一點吧，孩子太小，多心疼啊。不，做奶奶的打斷她，要分家才好過，趕緊去村大隊喊人來量房子。她只好背上背一個，懷裡抱一個。跟著去看看人們是怎麼給他們分院壩的。這時候她的心算和反應相當靈敏，誰也不可能敷衍到她。她抱著小孩跟著麻繩的移動而移動，幫忙拉線的人們會問她，嫂子，線直了嗎，她說沒有。孩子的奶奶大呼，直了直了。那明明是有些斜，來給分地基的人不說話，繼續將線繃緊拉直。這家的男人似乎都不會說話了。當爺爺的不說話，做老太公的不說話，她的丈夫也一臉嚴肅，不說話，她的孩子，一個在她背上睡著了，一個在她懷裡睜大眼睛看那條大麻繩，也都不說話。他的兩個弟弟站在旁邊抱著雙手，他的妹妹看到大隊裡來人就出門玩耍去了。

雨說下就下。那個夜晚確實有另一個物種光臨，不是風，是冰雹。布依話裡將冰雹叫「黃果」，當然不是漢語裡「黃果」的讀音。幸好白天他就將塑膠布搭好了。聽到冰雹的聲音，孩子們哭了，這是孩子們遇到的第一場冰雹，也是她來葦走遇到的第一場冰雹。她想起她父親說，你去葦走你一定會後悔的，那裡水源不像幾工這麼方便，人也不像幾工這般齊心。葦走寨子大了，各自奔忙，怎樣的人都有。坐牢的，打光棍的，到處見。她說，阿爹，那是別人家的事情嘛，自己家的人好就行了啊。而此刻，她倒是沒有想，什麼樣的人是好人這樣的問題了。也想不起來她父親的叮囑。到他家來，一開始公公婆婆都還很和氣，發現她備孕期間就開始做孩子的衣服，她婆婆便開始說她不出門做活路，她的婆婆說，家裡最小的姑娘十多歲的人都知道去坡上鋤草。她笑著說，是他不讓她幹活嘛。她還不知道，她笑得越真，她婆婆怒得也就越快。接下來的日子，她父親總是送東西到這邊來，她婆婆愈加受不了了，終於發問，你是覺得在我們家東西不夠吃還是飯吃起來不香啊，外家什麼都送來，送大米，送雞蛋，你當真是覺得我們家很窮嗎？她當著她叫奶奶的那位慈祥的老人面前說，老人趕緊讓她婆婆別說了，讓別人聽到了笑話，那樣說兒媳幹嘛呢，兒孫接來兒媳，一家人心多寬，快別說這些了。你趕緊閉嘴，沒說你。她婆婆對著她叫作阿奶的老人放狠話。

事實上，她父親拿來的雞蛋並不是她一個人在吃，她婆婆疼愛他的最小的弟弟，一頓兩個雞蛋，他的弟弟沉默著享受幼子所能享有的待遇，事實上，他的弟弟已經十多歲了。對此她倒是沒有意見，她覺得都是家人。之後的日子，她的婆婆越看她越不順眼，時不時吼她。他每天都出去割草，餵馬餵牛，牛夜晚也要吃草，他每天一大早就出門割草，回來挑著一大擔足有兩百斤的青草。家裡餵養了幾頭牛，還有一匹馬。那次他一進門就聽到母親在罵她，他衝過去把見到的能摔的都摔了，遇到什麼踢什麼，椅子，桶，全被他踢翻了，他說，以後再聽到誰罵人，我一把火把房子給點了，誰也別想住。她雖然看到他在生氣，但知道他是因為她受氣而生氣，她心裡滋生一股說不出的暖意。她並沒有私下告訴他，她被罵的事。沒有人敢說他，他奶奶走過來對他說，剛回來餓了，先吃飯啊。他對他奶奶說一句，好的，阿奶。她在收拾被踢翻的椅子，她喊作阿奶的人過來和她一起收拾，悄聲對她說，他脾氣一直很爆的，但心腸不壞，以後不管遇到什麼，多擔待一下他。她說，阿奶，我知道的。

她的第二個孩子出生後，與婆婆的關係日益惡化。她第一次敢說她婆婆，是在親眼看到大兒子被婆婆掐手背時，她忍不住了，大聲質問婆婆幹嘛要掐小孩？婆婆並不承認，她說她只是在逗他玩。她終於罵起她婆婆，說她老不正經，孩子不過是抓你黃豆玩，你捨得掐他，他可是你孫子。她婆婆不甘示弱，也回罵她不會教兒子，說老人家在篩選黃豆，讓兒子過來抓黃豆玩。她說孩子不懂事，你也跟著不懂事嗎，他那麼小他懂什麼。她終於爆發了，忍了很久忍不住了，她質問她，小孩不過是弄撒幾顆黃豆，你至於那麼用力掐他手嗎，一把黃豆值幾個錢？她的婆婆一聽到她提錢字，更氣了，她說她的兒媳仗著娘家人有幾個錢就開始在老一輩人面前叫囂了。她說自己的兒媳家裡有幾個錢就看不起人。當然了，她的兒媳沒有這個意思。她婆婆說，得分家，不分是不好過了，明天就喊人來。你想喊就自己去喊。我當然要去喊人來分家，我看離開我們你能怎麼過好日子。她說她的婆婆是比村裡哪個人勤奮了，還不是仗著孩子的爺爺是個教師，虧得她大兒子二兒子幫著養牛養馬，你倒是很厲害，把家裡的男人都當啞巴管了。

這一次她罵得很盡興，她的婆婆罵不過她，暗自低聲說，老子明天就讓大隊的人來分家。分家就分家，她說。她來不及想要怎麼和他說，她和他的母親撕破臉了。她將心力放在孩子身上，也就忘記了要怎樣和他開口。他依舊挑著一大擔青草進門。回家來飯都還沒有做好，是他的奶奶去將剩飯給他熱了先吃。她帶著兒子躺在床上，沒有出來。往常這時候是他的妹妹做飯，或者他的奶奶做飯。他的母親則認為，家裡來了新媳婦，就應該是新媳婦做飯給大家吃。他就是不讓她做飯，說兩個孩子還太小，得讓她盯著孩子。他的奶奶看他大口大口地吃飯，說兒啊，你真的很好養活，以後怕是要有苦日子了，你爹和你爺爺怕你娘，管不了你們，你娘剛剛還說明天喊人來分家，你吃完飯去勸一下她。他繼續把飯大口大口地刨進嘴裡，吞嚥下去，說，分就分吧。

他們分到了一個馬圈，馬圈上有擱板，他將床鋪鋪在上面，那將是他和大兒子的床。馬圈旁邊的那堵石牆外搭了一個棚子，她將床鋪鋪在棚子下，那是她和小兒子的床。他們分家的第一天，分到了一些包穀核，一些大米，一些穀物，他們是按人頭分的，還沒分家時，算上兩個小孩在內家裡有十二口人，當年的收成，穀物分配，他們沒有把小孩算在內，可想而知他分到多少糧食了。傢俱方面，他分到了一只極小的他們不怎麼用的碗櫃，以及三只凳子，小兒子還小，他們沒有分給他凳子，而廚具，他分到了三副碗筷，他和她的，以及大兒子的，他們的小兒子還不會吃飯，孩子的奶奶沒把他們的幼子算一個人。後來樓上的那些竹器，都是他們自己請人編製的。他在氣頭上，隨他的母親怎麼分，他似乎想要看看他的母親究竟可以殘忍到什麼地步。她也不說話，他們分給什麼，就要什麼，像是昨天的一頓吵把她的力氣用光了，她不再想著要和她婆婆多說一句話。

他在馬圈外的另一邊用塑膠布搭了一個簡易棚，用作他們的臨時廚房。他們認為，分家了，第一天的火不能讓它滅了。他用磚塊搭成一個小型的火塘，裡邊塞進包穀核，層次分明地在火塘內部架構著，它將火柴點了一個乾透的包穀衣，以此引火。他在包穀核上散放著煤塊，未被燒紅的煤塊和正在燃燒的包穀核發出它們的混合氣味。媽媽，我要下來。她的大兒子說，從她懷裡滑下，兀自在他們新搭的棚子下繞著走動，他好奇的大眼睛盯著他父親，跟在他父親身後，時不時去捏點什麼，或者輕輕拍一下塑膠布。大兒子對她說要去看馬馬，他馬和牛還不怎麼分得清。她帶大兒子去馬圈，兒子對馬圈裡的小牛犢喊，馬馬。她說這是小牛，牛牛。兒子一直喊牠作馬馬。馬兒就馬兒吧。她想。她望著兒子，兒子望著蜷縮在草堆上的小牛。

下雨了。雨越下越大。她從來沒有見過這樣的雨柱。他說，可能要下冰雹了。她現在只有相信他，他說什麼她都信。他抱起兒子到他們新搭的臨時的棚子裡，煤炭燒起來了，煤塊通紅，焰勢灼人。他拿起竹編的曬穀物用的器具，架在火塘的上面，他說這樣冰雹砸下來就算把塑膠布砸破也不會讓火滅掉。他們今晚的任務就是守住這篝火，不讓火熄滅。

下冰雹了。他說。

聽到了。她說。

她父親來到他們家裡，是在一個趕集日的下午。父親說，我在場上等了很久都沒見你們。她說，要在家帶孩子。帶孩子要兩個人帶嗎？沒有什麼要買的，就不去趕場。她說。兩個孩子還小，多買點東西備用不是很好嗎？她沒有回答。他在旁邊不知道應該怎麼和他岳父搭話。全程都是他岳父說，他們偶爾回答幾句。他岳父非常生氣，說太不像話了，從來沒有見到有哪家公公婆婆會這麼狠毒。他說他要帶他的外孫走，他抱起了她的大兒子，對小孩說，叫外公。孩子說，公公。公公背你去殺雞吃。孩子說，好。他看到孩子才不生氣。他說，孩子以後長大了就好了。苦就苦眼下，以後你們爭一口氣。

她和他沒有吭聲。

她的父親回去後。第三天早上，還沒到吃午飯時間，她聽到很多人喊她和他的聲音。他正在給小兒子餵奶。他也聽到了，是喊他們。他忙出去看。是從幾工來的親戚，她的本家的叔叔們，以及她的本家兄長們，他忙給他們把柵欄門移開。他看到他們身旁的大木柱，還有橫樑。他們一行十來人，全靠人力將這些大型木頭扛到葦走來給他，他激動得眼含淚水。說不出話來。他們說，你老丈人讓我們扛來的，他沒來，讓你趕緊去村裡訂火磚，過陣子你老丈人給你看好日子就把房子架起來。她從塑料棚子裡出來，她開心得想笑的，卻笑不起來，倒是像要哭了。她的叔叔說，回到院子裡再說話吧，他們繼續動手扛起那些實心木頭。圓柱是近百年的楓樹木。她知道家裡有這副木架的，她父親還想要再建兩間瓦房，雖然他們家那棟瓦房已是擁有五間房的了。現在它們被扛到了葦走。

父親知道她小時候自己在家照顧幾個弟弟妹妹不容易，她為了減輕母親的負擔，上到初二就輟學了。她那時候可是他們家族成績最好的一個女孩。後來她的堂妹們紛紛畢業了，有了正式的工作。她的兩個妹妹，也都嫁給鎮上或縣裡的公職人員。

而這時候，他們的大兒子，在幾工她的娘家正哭鬧著要回家，一整天說得最多的一句話便是，媽媽抱回去。他還沒有學會在話語裡加上一個「我」字。他也還沒有學會在話語裡加一個「你」字。

前一個夜晚，為了哄他，讓他別哭。她的兩個妹妹可是使出渾身解數，包括抱他到石梯上看蟑螂，她們管蟑螂叫偷油婆。並哄他說，要把偷油婆看住，不能讓她進碗櫃，不能讓牠進油壇裡偷吃，小孩看著牠，牠晚上就沒有力氣出來偷吃了。

他坐在院壩邊一個適宜蹲坐的石塊上，那個石塊被他外公鑿得相當平整，那兒有幾塊大小一樣的石頭，他的外公打算留給她的兩個小姨錘布用的。石頭被磨得十分平整。他的小屁股坐在上邊一晃一晃，一開始他想憑藉身體的大幅度晃動將石頭晃起來。他知道徒勞後只好晃動自己的身體，或者將兩條腿前後晃動，展現一個孩子正在單獨玩耍的姿態。他看到其中一個男子，扛著一根圓木頭從他身旁經過，他堅信那個男人是後來他的母親教他喊作「舅公」的那一個。那個男人比母親小，輩分卻比她大，在幾工他有好幾個這樣的舅公。被他喊作舅公的男子都無比疼愛他，以及後來也被送到幾工來的弟弟。這是一個他沒有哭泣的早晨，他還沒起床就被他的小姨告知了，他們家即將建好房子，建好房子他就可以回家了。聽到這話，他也聽到外公家來了很多男人，他覺得他的這一天可以不用哭泣了。

他對其中一個男人的衣服感到好奇，後來他才知道那叫西裝。其他人都只穿短袖，他一個人穿西裝扛圓木頭，這讓他十分醒目，小孩的眼神盯著他認為那是燕子尾巴的西服後背開衩處，一直盯著他經過白狗和花狗的旁邊。他喜歡和白狗玩，那只被他們叫作花狗的兇猛的好狗只是黑白兩色而已，牠喜歡吠叫，守屋相當稱職，牠沒有動用判斷力前，或者主人沒有出來喊牠住嘴，牠是會一直將吠叫這功能一直發揮下去的。大人們每人端著一大碗麵，急忙吃完就出發了，他們選能扛的木頭放在肩上，一個人不能扛的就兩人一起，甚至好幾個人扛同一根木頭，彷彿他們出去是為了建造自己的房屋。在建造房屋這塊，後來他和他的弟弟在外公家也曾學習過，只不過他們口中的建造房屋，材料是用包穀核搭成的，起初他們每一層用兩根包穀核完成，第一層豎著排兩根，那第二層則橫著搭兩根，這樣的井字型，最多像牛圈，但他們說那是他們建造的房子。再複雜一點的，他們會用竹片支撐，再在包穀核做成的柱子上鋪地板，木地板，他們說。

弟弟沒有到來前，他還找不到玩伴，除了那隻胖白狗，他基本上不能讓誰聽他的話了，但他知道他的弟弟很快就來陪他了，等葦走那邊的屋子建好了以後，他和他的弟弟就可以回家了。在葦走那邊，建房子並非一朝一夕，在沒有被送到外公家前，他的弟弟得以賴在母親的背上很久很久，仗著自己是小孩，去哪裡都讓母親背他，這是應該令人嫌棄的一件事情。為了哄他睡覺，獨自被送到外公家的前幾天，小姨們輪流說故事給他聽，諸如小偷、老騙婆等等的辭彙，是那時候才知道的。當然，為了鼓勵他更勇敢，他的小姨採取講他弟弟的糗事給他聽，比如他的弟弟被抱來幾工的那幾天，準確說，弟弟還年幼不會說話的所有日子，都是極為愛哭，除了吃奶和吃飯的時候不哭，還有睡覺的時候不哭，一天從白天哭到夜晚。外公曾說，老是哭，太難哄了，乾脆拿送人算了。他問他的小姨，後來送人了嗎。要是送人你就沒有弟弟了呀，小姨說。另一個小姨在旁邊說，所以小孩要勇敢一些，不然會被大人拿去送其他需要小孩的人家。

這件事後來他的媽媽說給他們聽過，那個遠方的親戚來說過好幾次，說想要他的弟弟過繼給他們。他們在城市，條件好，以後會好好養他，送他上學。後來他們的媽媽也多次慶幸沒有將孩子送出去，哪怕不曾有這想法。弟弟每一次尿床，並且頑皮的時候，她都會說，幸虧你在自己家，不然你得被打得有多慘。她講這話的依據是，後來那家遠親抱去一個小女孩，每次尿床都要被打。弟弟問過母親，那個女孩是先被打還是先頑皮，或者尿床挨打了才頑皮。

那天他們又來量房子了。惡婆帶來的。她後來和他私下裡都叫孩子的奶奶作惡婆。

還是那幾條麻繩，他們用幾條麻繩繫成一條，橫著拉幾次，豎著拉幾次，橫豎對比，還是比對到原來的位置。惡婆還對人們說，她大兒子這邊就是多了，再拉幾次。人群中，有一個是惡婆的侄子，他忍不住質問她，你家大兒子就不是你兒子嗎？無論怎麼量，也都還是原來的位置，沒幾天又喊人來量住宅面積，不覺得不好看嗎？惡婆沒說話就回屋去了，也不說做飯給大家吃。他在屋外招呼大家，她說先去做飯。大家都說才從家裡吃飽過來的，不用做飯。她也知道大家不想來，礙於惡婆是長輩。

分界點上剛好有一棵橘子樹，在她的小兒子後來的回憶裡，那是一棵相當茂盛的橘子樹。等他長大了些，再去看那棵橘子樹時，他才真正看出橘子樹的體量來。樹不大，長大了的是他。他站在橘子樹下便會想，隨著他和他的哥哥長大，他們的奶奶很少罵她了，分家以後，各過各的，惡婆這一詞，只偶爾在她的講述中出現。惡婆是沒有機會作惡婆了，她的孫輩日益長大，大房家的，二房家的，三房家的。

在那棵橘子樹旁，他還在母親背上待著的年月，曾經發生的一幕，令他的母親終生難忘。爺爺舉著一把手銃，他們那邊將其叫作手洋炮，他的爺爺舉著一把手洋炮對著她說，你再多嘴我殺了你。那天他沒在家。她不清楚，那是她的公公的真實想法還是只是為了嚇住她，不讓她和她的婆婆鬥嘴，好讓她同她的公公一樣，做個沉默的家人。她的公公的家庭地位是可疑的，他除了好酒，其他事情一概不管。

他沒有問過母親，她為什麼不告訴父親。當然了，他不用問也知道，她是怕父親衝動，和家人動手引起笑話。

他們白天基本上要去山坡上幹活。他們商量，是不是也要把他們的小兒子帶去幾工，讓她母親帶。她和他一出門，小孩在家不放心，出門了怕兒子曬傷。這是一個炎熱的夏天，在這個夏季的某個下午，她和他一塊出現在幾工。將孩子從背帶上放下來時，即意味著他們的兩個孩子都將託付給她的母親照管。

在那棵橘子樹旁有個磚垛。那是他的父親從田裡的磚窯用馬馱來的，那是他們村燒制的紅磚。他成了眾多趕馬馱磚的男人之一，彼時村裡的人都在修建磚房。似乎是從他家分家開始，修建磚瓦房的人家越來越多了，以前也時有人家在建房子，但都沒有那一年建房子的人家多。似乎從他們家分家開始，人人都急需一個新家。

他問過哥哥，那只三支腳的木凳叫什麼名字。紫馬。哥哥說。紫馬是什麼馬，是紫色馬。哥哥說。等到他會說布依話了，他問過母親，紫色用布依話怎麼說。他們的母親說出了一個詞，那個詞用任何漢字的音都叫不出來。他們已經學會拼音了，卻沒有一個西南方言的音跟「紫色」的布依話音相似。

從外婆家回來後，他們已經上小學二年級了。那只三腳木凳他們不再需要了。作為紫馬的玩伴，小時候他還在它身上留下過刻痕。哥哥將紫馬從鄰居大伯家抱回來後就不還給他們了，媽媽說要還回去，哥哥依然要據為己有，再後來哥哥長大一些，他的注意力是在磚垛上了，他已經不需要在平地上用木凳當玩具。弟弟總是需要在平地上仰頭跟哥哥對話，他的問題太多，比如在他的哥哥還沒有給他找個信服的理由前，他總是在磚垛下問哥哥，為什麼它叫紫馬。因為他是紫色的。他的哥哥用漢話說。這時候的他們還沒有學會布依話。實際上，那只是他哥哥在想像中給原木色的三腳凳塗色。

他們學會布依話，是在幾工學會的。那時候哥哥經常帶他去冒險，比如去溝裡捉小魚，用石頭襲擊夥伴家的土罈子。罈子破碎的聲音常常令他們感到竊喜。他們打不過的同學，他們總是會想方設法，趁沒有路人過路以及同學家人沒在家時，找一個趁手的石塊砸向同學家的罈子，他們基本知道，每家都會有幾個罈子，裝酒或者裝米麵，或者乾脆什麼也不裝。事實上他們也沒有多少機會偷襲別人家的罈子，他們在幾工屬於被關愛的小孩，幾乎每一個同齡人，他們都要喊作舅舅。他們的母親在幾工輩分有點低。那些被他們喊作舅舅的，都會無比關照他們哥倆，也喜歡帶他們玩。

放學後，夥伴們一般會去山坡上趕牛回來。外婆家不讓他們放牛，他們還太小。一個五歲半，一個四歲。他們不需要上山的黃昏，便只有在屋角玩耍。有一天哥哥發現了一個現象，屋角極細的塵土裡，會有狀似漏斗的小型漩渦，對著漩渦扒拉開，會發現一只黑色的小蟲子，小蟲子蜷縮著一動不動，像是睡著似的，每回他們找到小蟲子，看幾眼就放回漩渦裡了，並將細小的塵土剖成墳包狀，再找來一小塊石頭，用作墓碑，墓碑有了，還需要一些細小的石塊圍起來，這樣墳墓才算修建完畢，為了更莊重起見，他們將不用的紙張，通常是從寫過的作業本撕下來，他們將紙張撕成很多條狀，塗上口水，將其黏在乾草莖上，做好以後將它們插在小墳包上。兄弟倆在夥伴們的屋角堆起了無數個雷同的小小墳墓。

用過的作業本，哥哥會給弟弟疊一個紙手槍。他們知道怎麼藏手槍最酷，褲腰上的膠筋彈性極好地將紙手槍圈住。紙還沒用完，哥哥還會給自己也給弟弟疊紙辮子，他們將紙辮子一端箍住額頭，剩下的長長的一截便留在腦後，站在夕光中，他倆頓時像兩位英勇的少俠。家裡的雞會被他們當作是有待驅逐的惡棍。壞人，你別跑。他們往往會將家裡的雞都趕出去。這樣的活動自然是趁他們的外公外婆都不在家的情況下施展起來。

他們這時候當然不會想起各自哭鼻子的那些時光了，如果大人不提，後面他們是怎麼也不會想到，自己曾經那麼沒出息過。

3

他在釘雞籠。抽出斧頭砍削木條前，他的斧頭藏在床底下蒙上了一層厚厚的灰，積灰平滑或者粗糙，他沒有細看，老鼠從斧頭上竄過，爬蟲從斧頭上爬過，在一陣接續一陣的室內暗風經過，斧頭上的積灰又被抹回原樣，繼而承接更多的灰塵。他將斧頭抽出，拿到院壩裡抹下積灰，他知道磨刀石藏在哪裡，那塊她用來錘布的石頭後面的磨刀石，一定也是積灰滿布。他將斧頭放在磨刀石上，往復摩擦發出的聲音提醒他，有多久沒有磨刀了。

鐵鏽令他想起一些憋屈的事情。他記不清什麼時候開始那麼容易衝動，卻也在遇到另一些問題時更加小心翼翼。他覺得自己在外面的這麼些年，將年月焊死在工廠，除了偶爾因為廠裡的人惹到他，他罵那些人或者和他們動手時，他覺得有些解氣，其餘時間他跟過去自己趕過的馬匹沒有什麼區別，牠們沉默著馱運物什，往往牠們除了聽自己的呼吸聲，便只有聽到趕馬人催促的聲音了。那些馬匹，是什麼顏色，他已經回想不起來了，唯一記得最清楚的是那匹能拉馬車的黑馬，牠是整個鎮上最好的馬匹，牠軒昂的前胸，和強勁的四蹄，總能令他揮動鞭子時感到意氣風發，唯一一次自己在馬身上感到失落的一次，是他去接兩個孩子的那個傍晚。

那是一所鄉鎮初中，他將馬匹拴在校門外那家小店旁。在去搬孩子們的行李時，他沒有問孩子們考了多少分。這是兩個孩子的初一下學期結束離校的一天。小兒子告訴他，需要複讀初一，鞏固英語和數學。他一聽沒說話。繼續聽他的小兒子的下一句話。大兒子沒有說話。小兒子一直在說，英語和數學在整個初中有多重要。直到他的小兒子沒話說了，他問一句，考了多少分。他的小兒子說，一百八十多分。他一聽氣炸了，七個科目考了一百多分，總分七百分。他沒轉過頭，問他大兒子考了多少分。大兒子說，比弟弟少。我知道了，他說，你們算是去學校打瞌睡了。他氣的是在馬車上，兩個孩子還在聊以後他們要買什麼車，完全把一塌糊塗的成績拋於腦後。

他暗自生氣，以前他上學可不是這樣的，以前就算他蹺課去山上打牌不聽課，也比他的兒子考得好。他初二沒念完，在一年縣裡徵兵報名便入選了。他想了想，他從未過問過孩子們的學業，自己也有責任。但令他難為情的是，他居然真的將馬車趕到學校給他的孩子拉行李。他覺得這相當丟人，不是趕馬車這件事丟人，而是他兒子知道成績後毫無羞愧，還敢於喊他們的父親趕馬車去接他們的這一行為上。

回到家，他把兩個孩子臭罵一頓。她早已做飯等著他們。他說，還有力氣吃飯，書不好好讀。她說，現在的學業複雜了，那麼多科目。他說再難也不至於每科二十多分。兩個孩子不吭聲。她說，先吃飯。兩個孩子低頭吃飯，他們的飯量並沒有因為考試成績不好而變少，他們很快便力所能及地將眼前的飯菜消滅掉。

他看向她，她什麼都沒有說，一點責怪孩子的意思都沒有。他知道等他放下碗筷，她自己也會跟著放下碗筷，她早就吃好了，為了多陪他，她還在夾菜慢慢吃。這一天他下午就從家裡出發了，趕馬車的手一直握著轠繩，他端碗的手覺得輕飄飄的。米飯混著菜肴令他覺得自己的胃毫無感覺，胃怎麼也難以填滿，餓是早就感到餓了，今晚的飯，他未能準確地感知，幾時能吃飽，像是他不止餓了一天，需要更慢咀嚼，吃快了他的胃肯定受不了。

他看著她洗碗的背影，這和那天她知道孩子們考上初中那天的心情一樣，她沒有說話。她和他都知道，上初中需要一筆錢，而他們手裡拿不出多餘的錢來。他也沒有說話，他的胃病令他居家賦閑多月，像是一個地主家的兒子，整日坐在椅子上發呆。他的兩個弟弟都外出打工了，在外掙了一些錢，他知道，過不了多久，他們將回來把房子翻修起來，這時人們開始熱衷於修建平房，也就是磚和水泥以及鋼筋修建而成的平頂屋子。父親跟三弟住，父親在家給三弟修建了一個廂房。他知道，接下來，二弟和三弟必將在建房這件事上出大力氣。

他的重度胃病，令他難以向她開口，說些寬慰的話。關於孩子們升初中的事情，他一句話都沒有提起。

他們的小兒子第一次見到她哭泣，是在以前馬圈的那個位置，她去撿拾小煤塊來添火，她在煤堆上哭了起來。他不知所措，躲在小房子的牆邊。印象中他沒有看到母親哭過，他十一歲了，看到母親哭泣他有些慌張，他不知道怎麼辦才好。

誰都不會想到，她哭起來的時候有多難受，她以前被她婆婆整得多厲害她都沒有哭泣。沒有房子住也沒有哭，她回想起了幾個艱難的時刻，一次都沒有哭過。這次的哭聲，她是背著屋裡的他哭的。

之後的兩個星期，每到夜裡她都難以睡著。這個時候她的小兒子依然和她睡在一張床上。她聽到孩子均勻的呼聲，便開始失眠。直到後來她的父親打來電話。那個電話極為重要，村裡那棵大榕樹上的喇叭發出聲音，某某家來接電話。村裡裝有電話是那一兩年開始的，作為村裡的第一部座機，那家小賣部靠它掙了不少錢。外出的親人，或想聯繫外面的親人，想同家人聯繫，都需要對那個機器發出吼叫般的聲音，生怕電話另一頭的人聽不到。那一次她和別人不一樣，她輕輕拿起話筒，輕聲地，喂了一聲。

她至今記得，那是一部紅色的電話機。她接起電話的時候幾乎說不出話了，是她父親打來的，除了她父親，還能有誰打電話找她呢。父親在那邊問她在葦走情況怎麼樣，她說好的，一切都好的。父親說，讓她回去和他說，父親給他們買了一匹好馬，秋收春種將更方便了。以前那幾匹馬不太好，父親早讓他將牠們賣出去了。父親在那邊覺得她的語氣不對勁，她在這邊抑制住情緒。父親問她怎麼了，她終於說實話，她說孩子們都考上初中了，他們拿不出學費。父親讓她別擔心，並告訴她，讓她趕集天去鎮上，找供銷社旁雜貨店老闆馬師傅先拿一些錢。等父親到了鎮上，他會將錢還給馬師傅。她心裡的石頭總算落了下來。回到家她沒有多說話，只說了一句，電話是阿爹打來。

他看著她洗碗的背影，他的沉默像極了所有抽菸男人發呆的樣子，但他不抽菸。

他削木條的背影，實屬勞動者的踏實的背影，但仔細看，他肩膀和背部，卻失卻了本應呈現力量的弧度，只能說他尚在足夠認真地對付手中的木條。他似乎在想很多東西，又好像什麼都沒有在想。手中的活看不到進度，按理說這幾塊木條，花費不了多長時間，但他足夠專心的樣子，已在表達他手中的事情，需要他集中精神把握。

這些年，他對家人很少感到生氣了，尤其是他的兩個孩子。他早已是當爺爺的人了，大兒子的孩子，幾歲了，啊，快九歲了。他右手將斧頭的開刃處壓在木條上他想削掉的那一邊，左手握著木條另一邊，隨著右手腕的弧度，抬高再砸向地面，木條和斧刃以及地面相互作用的力，讓木條的一邊如他所需那般裂開。他能讓斧頭該有的鋒利出現，斧柄和斧頭，一個堅實，一個鋒利，它們向來是萎頓之物的敵人。而木條，木條也相當堅韌啊，但總要有妥協者。他想。

他知道，家裡，她一直在妥協。他的麻木不會讓他感到愧疚，他依舊覺得，飯照樣吃，生活照樣過。在外面的這麼多年，已經將他的良心磨去了，包括對家人，他知道自己狠，但他不願看清自己。

沒事的時候，他會將一些事情回味很多遍，包括發生過的，和沒有發生過的。他想起他作為一個好人的時候，所吃過的虧。那次在去昆明打工的幾天裡，他被遠親拋棄，他們帶他過去後便自己找工作去了。他連續幾天，早早地從小旅館的大門走出，去找工作，很晚才回來。直到他決定返鄉的前一天，他還在受騙，他在一個高層大廈內，讓交去相當數額的培訓費，並讓他在一份合同上簽字，他看出合同上幾乎沒提工作的內容，只看到幾個詞，諸如「自願」、「培訓」等詞。他沒有簽那份合同，要求他們退錢給他。他可是個退伍軍人。他和他們爭執了一會兒，後面那個辦公室湧來一批穿著黑色休閒裝的男人，他知道自己最多能打倒三個人，但他們有七八個。他想到家裡的兩個孩子，還有她。他示弱了，說錢不要了。他們還在向他逼近，他說，你們最多能把我從這窗口扔下去，但我死也能抱兩個人和我一起，他怒了，手裡握著椅子，大聲吼，讓開。對面領頭的男人向那幾人使了一個眼色，他們讓出了道。

回到家，他在心裡問過自己，為什麼不報警。家人們誰也沒有想到，他是應該報警，他自己也沒有想到。

昆明找工他四十歲不到，那是他第一次準備好出去打工。第二次出省，他去的是海南。他想回想一些在島上的情景。他知道海南島只是一個島嶼，但身處其間，他倒是覺得海南島與老家的山地或丘陵地貌沒有什麼區別，都是土啊，那個果園，只是比以前自己擁有的那片果園平整和寬闊，拋卻水果的品種不說，他也曾有過果園啊，那一袖珍的果園。他試著回想，以前在海南是給人種水果還是給人守果林。或者是每個季節幹一樣屬於該季節應該務工的事情。他記得自己從海南省帶來木瓜的種子，他將種子灑在自家院壩，後來還真長出來了，那必定是他們村裡的第一棵木瓜樹，當然，後來木瓜樹也倒了。或許是氣候不一樣，或許是他僅僅覺得在對著大門處，不能栽種樹木，他最終將那棵木瓜樹砍倒。

他肯定是相信過風水的，後來他變得更加小心翼翼，也是因為相信風水。他始終相信自己的宅基地風水是最好的，以後自己的兒子一定會大有出息。為了讓家裡運勢變得更好，他先後更改過兩次院門的位置。他想就運勢或者院門，再回想些什麼東西來。

什麼都沒有找到。他甚至想起曾經一次同她去巫婆那兒問過的一些事情。那次是大兒子同媳婦分開了，她想去問問，究竟因為何事。在那個叫崖下的村子裡，那個巫婆比他還年輕，她的聲音從遙遠處傳來，這種遙遠他覺得非常熟悉，就像他到達的何地，在某個時間段，那個地方，那段時間曾令他惆悵和焦慮過，而現在因為遠離了那個地方，也遠離了那一時間段，這些影子愈來愈模糊，回想起來也就越覺遙遠。如今巫婆的聲音，令他想起那些模糊的遠地，他稍微在心內覺得有什麼東西震顫了一下。繼而，他只好加倍仔細聆聽巫婆傾倒的話語。

這位年輕的巫婆，她用一種極具耐心的口吻，傳送他的祖先在同他們說話的話聲。妻子在一旁恭敬且詳細地問一些他們想知道的事情。包括他為何總是頭疼，每天的幾個時段頭疼得極為難受，說是感冒也不像，說是累了，以他彼時的體力倒也不見得。巫婆說，可憐我兒，哪裡會怪你呢，哪裡會怪其他地方啊，便是因為那香筒裡藏有鋒銳的東西，需要你們拿出來。他們唯唯稱是，說回去就去檢查清楚。他們相信巫婆不會騙他們，準確說相信自己的祖先，他們那些話語的分量。等他們回來後，確實在香筒裡找到了一把針線，大概是另一個巫婆出的主意，說將針線藏在香筒，便可壓住財，不讓財運流失。他們想不出是哪次去找的另一位巫婆，又因何故聽信了巫婆的話語，除了壓住財運這一緣由，是否還有另一個原因，困惑他們的什麼事，他們想通過巫婆，知道一些事情。他知道他們不會單是為了財運去問巫婆，他太相信自己了，他斷然不會最先想到財運這件事情。那他當時，或者他們家當時，應該是遇到什麼一時無法解決的事情了，或者說一時被什麼事情給難住了。

正如這次，他出現在年輕的巫婆面前時，是因為她和他想問問，以後大兒子和他的媳婦是否還會和好。他們知道大兒子和媳婦分開了，為此他們覺得有些困難，他的心裡最先想到的確實是「困難」這個詞。當然，他沒有詞語這一概念，他清楚的是，自己當時心裡想些什麼了，想表達的是一種什麼樣的心情。

他們本是要去問關於大兒子的事情，巫婆卻告訴了一個讓他後來心心念念的祕密，一個與財富和祖先之間的祕密。巫婆的聲音，當時是巫婆自己的聲音，還是巫婆假借祖先的聲音在告訴他……現在他終於有時間來起疑心了。如果是祖先通過巫婆的口中告訴他，關於那件事的祕密，那何以至今仍不見蹤影，他先後為之不顧一切兩次，是兩次，不會有錯。

年輕的巫婆說，他們的宅基地下藏著祖先留下的金銀好幾罐，難的是，金銀出現的時辰，不易把握。何時金色和黑色的兩尾長魚出現，以及長魚遁去的地方，就是金銀的藏匿處。那天他回來和兩個兒子說，小兒子說他倒是見到過兩尾長魚在院子裡出沒過，也確實鑽進石堆裡便消失了。長魚，他們口中的物種自然是他們避諱的蛇的暗稱。他的小兒子說的那個時期，已經是過去幾個月的事情了，因此他相信，那兩條長魚還會再出現。那天他無比振奮，覺得有些好事終將會輪到他了，他想想就覺得祖先待他不薄。那個傍晚，他們從崖下回家的路上，他一直對她說，等到我們挖到那些金銀，一切都會好起來的。他不知道的是，她聽了卻很不是滋味，她在思考她是否還應該相信崖下的這一位使者。

他一直等這個時期，終於在一個悶熱的下午，他聽聞院子裡的雞群因受驚而怪鳴，他向院子跑去，他看到兩條線，或者兩根線狀的影子向石堆鑽去。沒容他多想，他知道就是這一刻。他轉身回去找鋤頭，和竹具編織而成的……那是什麼……他用漢話應該怎麼稱呼那個具器……簸箕，是簸箕。他將石堆清理一半移到一旁，鋤頭接觸土壤那一刻，他的腦子裡是空白的。只有力作用到地上反彈到他的手掌上時，他才知道自己在幹活，在做一件和祕密有關的事情，而這一祕密不能與任何人分享。他跑去屋內的那一刻有些慌張，她在屋裡煮飯，米粒剛好綻開，她將煮綻開的米粒倒出來。篦出水後，她將鐵灶放在火上，向灶裡加上一定量的水，將甑子在灶內放穩，她將米粒倒進甑子裡，蓋上竹篾編織而成的甑子蓋。她知道他在背著她做些什麼事，她不用問也知道，她不用過去看也知道他想挖些什麼。

她靜靜地在屋內守著這甑子，她好像沒有其他事情做了，菜沒有洗她也忘了。她就想著守這甑子一會兒。

他從來沒有感覺那麼寧靜過，幹活的時候什麼也不想，他清楚分明地看著自己下鋤的位置，以及下一次揮鋤的位置。每一次下鋤，泥土的顏色和碎石被鋤頭切去，他都看得無比清晰。他盡量用鏟子將泥土拋得遠一些，他知道他會將院子裡挖出一個深坑，泥土只有拋得遠一些，才不至於土坑挖到一半還得上來將泥土往一旁移。他並沒有打算好要將這一土坑挖得有多寬，他清楚自己想要的成果，那僅需容下他一人的身量即可。他先前還擔心鄰居問起來時該怎麼作答，挖到一半他不得不放心下來，除了他，沒有人關心他在挖什麼，也沒有人要問他在忙什麼。鄰居的孩子，鄰居那一對年輕夫婦，鄰居那對夫婦的父母，他們一家幾口路過他的院子旁，並沒有誰和他打招呼。如此正好，他可以不用去編織一些話語搪塞挖坑的意圖了。他還是太小心，在自己院子裡挖東西也挖得小心翼翼。

雞群早就停止驚叫。起初，他所挖出的泥土還會有幾隻雞候在其上隨意翻啄，牠們偶爾如願吃到一些蟲子，隨著他挖的坑越來越深，守著土堆的雞也由多變少。傍晚了，他挖的坑沒有什麼進展，已經到了所謂的本土了，疏鬆的土層早就被他快速解決了，現在越往下，越是艱難，鋤頭偶爾碰到堅硬的石塊，但也因阻力的存在，他更加堅信他的祕密不是那麼容易獲得。下午和傍晚的光線變換著色調在陪著他，除了他，還有暗去的光亮也在默認這一切即將發生，他將如願發現他的祕密。

她早就將飯煮好了。她去院子裡喊他，先吃飯。他扔下鋤頭，到一旁將竹編的一段密實的柵欄移來蓋住他所挖的洞口，這不僅是一口深坑了，如果下邊有梯子，這簡直就是通往地下的直立通道，事實上，他為了方便將泥土運上來，他在洞口的一側斜著往下挖，在傾斜的一面挖上幾個小坎子，當作台階。坑內僅容下他一人，他轉身都有些困難，為了節省力氣和加快速度，他不得不預先在心內把握好土坑大小，盡可能將土坑的體積縮小，他站立在深坑裡，當他面向東方的時候，自然是盡量讓自己的後背抵靠西面的缺口處，反過來他若是挖西面的土，他則背向朝東的缺口立面。

天早就黑了，他將手電筒咬在嘴裡探照，時間久了，他覺得口腔極為不適，他不得不將手電筒放在坑內斜面的某級土坎上，光柱打在土坑內，灑落的部分光亮竟然有些耀眼，好在他不多時已經適應這種與祕密接壤的光束，光束遍布的坑內，土粒散布的坑壁沉默地承接著光亮，坑壁時有小石塊探頭，除了光束積極應和著他的勞力，一切早早地就安靜下來了。白天守候在他身旁的雞群早已自行回屋，偶爾有一兩隻雞在挪動站累了的爪子，在雞籠的木條上，上下按了按，牠們感知到有所舒緩後便繼續與黑夜相伴，雞群內，有的將頭放在同伴的背上閉眼，有的將頭藏在同伴的翅膀內享受黑暗的另一重空間。

雞籠新做不久，經過雞籠，能聞到雞群身上的熱氣以及木條的味道。而他，則是泥土味籠罩一身，他從錘布石上拿下肥皂盒，他取出肥皂，肥皂泡沫在他手上相互牽扯遊動，他感受到了自己雙手的粗糙。他本想洗完澡再吃飯。她讓他先吃飯，飯菜快涼了，她說。她沒有問他是否挖到了什麼，這不需要問的，他也沒有告訴她，他是否發現了什麼。吃飯的當口，他說明天他再將那個坑填上。

他靠在木梯近底部的一端，木梯靠著樓板的那塊實木，他倚靠起來相當踏實，一天的勞作，他終於放鬆下來。他看著雞籠，雞群在籠內互相擠挨，低度燈泡的光束無法將籠內每個角落填滿，他想像雞籠裡傳來呼嚕聲，有幾只成年雞翻啄尋食累了，他轉瞬否定了自己，沒聽說雞會打呼嚕。

也就是這架梯子下，他的小兒子指著梯子最上端，向他和她撒謊。兒子說他從梯子上跳下來，摔傷了腿。情況緊急，他被貓抓了一把，慌亂之下他只好跳樓。兒子用跳樓一詞倒是說出了實況，白天他的小兒子為了向兄長展現他的勇氣，從樓上向堂屋的地面上跳，他在第一次沒有觀眾的情況下並沒有崴到腳，這次在他兄長面前施展，結果以他的腳受傷收場，兄弟倆共同守住這一祕密。若不是一個親戚來他們家串門，說他們的小兒子走路怎麼是用腳掌側面觸地行走。祕密躲不過，他們的小兒子只好將受到驚嚇跳樓傷腳的事情和盤托出，長褲並未給他掩藏住祕密。他讓兒子挽起褲腳，脫掉鞋子，腳傷處腫得皮肉變得相當薄。他找來玻璃，用小鐵錘將其敲碎，取最尖利的一塊玻璃，刺向兒子腳上腫塊處，他每刺一下，兒子的眉頭便皺一下，他的兒子並不敢哼一聲，只是有些擔心地望著鋒利的碎玻璃，血液流出一些後，她對他說，要不帶兒子去縣醫院看。那將是孩子第一次去縣裡，兒子顯得有些好奇，他說去看看，他「最大」只在鎮上待過。她看了看他們的小兒子，笑了一下，說去看看，去看了才放心。

他和他的小兒子走在縣城的那條主要街道上，起初他沒有牽兒子，兒子緊跟在他身後，縣城車輛明顯比鎮上多幾百倍，車挨著車，三輪車到處跑，他看到父親穿梭馬路的速度極快，他竟然擔心他們會被車撞。時不時也有小轎車經過，他看向那些四輪車輛，覺得比他以前和哥哥在鎮上看到的吉普車或大卡車好看多了，大卡車除了比較長，除了輪子多一些，並沒有什麼稀奇，他並不想擁有一輛大卡車，他不想給供銷社拉肥料，肥料一袋一袋碼得相當整齊，若他是司機，他雖不用搞裝卸，但想著自己是個拉肥料的，他也就不願意了。

兒子不停喊他父親，看好路。父親說，沒事，我們看好了才走的。說著父親拉起兒子的手，漫步在縣城的街道上。他們都忘了此行是去縣醫院給兒子看腳。他沒讓父親背他，父親也沒有想到要背一下他的小兒子。他焦心的聲音，令他的父親笑了，父親說了一句膽小鬼，伸手拉著兒子的手過馬路。

他們到縣城的時候還沒有到醫生上班的時間，至少他要看的骨科那個辦公室的醫生說他還沒開始上班。這是一個炎熱的中午，父親想了想，也許可以去問問孩子他大舅，大舅在醫院當院長，她和他說過。他只好去敲院長辦公室的門，大舅聽了他的來意，打電話到剛才的辦公室，並告訴他們現在就過去看。那個醫生開始變得樂於說話起來。他倒是感到有些恍惚，他覺得大舅並不是很熱情，反倒是這個醫生更像他的大舅。醫生叮囑他怎麼躺下，醫生給他照了X光。取到照片前，他們還有一段時間需要打發，他們的大舅舅先前已經告訴他們，中午的時間可以去找他們的小舅舅，並告訴他們地址。小舅舅在縣城上高中，他租房子在離縣醫院不遠的一片民居內。看到他的小舅舅後，他和他合租的舍友正在扛一個大西瓜進門，小舅舅聽到父親喊他名字。舍友開門並先進門，小舅舅抱著一個大西瓜在二樓的門口等著他們，舅舅喊著他名字，他小聲應答著。在舅舅的房間，他們坐下來，舍友洗手，切西瓜，他們討論幾句天氣，後面說到他從樓上跳下來腳崴了。嚴不嚴重，小舅舅問。不怎麼腫了，他說。舅舅說，很快會好的，走起路來不疼很快就好了。

舅舅的同學也一直在和他們說話，舅舅將腳從床底鉤出籃球踩在腳下，不停晃動，舅舅對他說，你還記得你小時候很愛哭嗎，他不回答，舅舅笑了，說長大了倒是害羞了啊。他說那是小時候好不好。舅舅的同學笑，逗小孩還挺好玩的啊，舅舅驕傲地說那是，並且告訴他同學說他有兩個侄子。父親問舅舅，怎麼不住大舅舅家了，小舅說在外面住自由些。主要是打籃球方便，洗衣服更方便。舍友嘲笑舅舅，一堆衣服還沒洗。舅舅讓他閉嘴，說還不能辨別那是誰的衣服。

舅舅告訴他，以後上高中了一定要自己在外面住，不要住校，也不要住親戚家。他只是靜靜地聽，沒有搭話。舅舅繼續問他成績怎麼樣，父親幫他回答，小學就兩科，只要腦子不壞，用哪種方法學都不會太差，認真點，像舅舅那樣好好學習。他點頭，沒有回答。

這是兒子第一次吃西瓜，他第一次知道吃西瓜要吐西瓜籽，當然這不需要人告訴他，他只需要看他的舅舅，以及舅舅的同學，還有父親怎麼吃西瓜，他就知道了。

他們去拿照片的路上，他問父親，大舅舅是小舅舅的哥哥嗎。父親說是啊，大舅舅的爸爸是小舅舅爸爸的大哥。他儘管很羞澀，但已經能感受到一些人情世故了。他以前很少聽到父母提起過大舅舅，也從未見過他。他們在大舅舅的辦公室時，大舅舅對他說，待會讓小舅舅帶他們到大舅舅家吃飯，父親答應要去。他對父親說，拿到照片我們就回家吧。父親說還要請醫生看看有沒有問題，是不是還要吃藥什麼的。我腳不疼了，他說。父親說要聽醫生怎麼說。我們看完了不去大舅舅家好不好，他說。我們等會兒要趕回家，就不去了。他說，那你怎麼先前答應他說去。那時候應該答應啊，他笑著說。

醫生仍舊很和善，告訴他們，他的腳一點問題都沒有，骨質沒受損，肌肉看起來也恢復很不錯。父親告訴醫生，他的處理方式，並笑稱自己用的土方法，給他用力掰了幾下。醫生說應對小孩的傷情，一定要小心，不能魯莽。父親連連稱是，說一定會注意。

他們決定回去，特意走到院長辦公室，想向大舅舅道謝，辦公室關了門，父親說，大舅舅在忙，我們不用和他說我們要回去了。

4

他忘了是從哪個時段開始變得膽怯的，他在內心應該有所承認，但他不會說出來。他肯定想不起來，從哪一次開始變得極為謹慎，凡事小心翼翼，尤其是出遠門。被瑣碎和無望的日常磨損，他自己也知道自己變了，但他不會說出來。

這些她都清楚。他們心照不宣的是，現在的他，內心有多堅硬，對家人堅硬，對女人冷漠，對兒子不聞不問。他和她共同守著這祕密，孩子同樣也少有關心他們。他沉迷於床板和玩手機，不停地刷視頻，只要還躺在床板上，他便不去想很多事情，將心事擱置，沒有任何事能讓他想起來。他享受著春節前的十幾天，每次從外面打工回來，他最覺安心的就是這些天了。他可以一整天都在睡覺，一整天都拿著手機，有時候睡著了，一隻手還會握著機身。他製造的鼻腔以及口腔的轟鳴聲，和她在屋內忙碌發出的窸窣聲暗自對抗，沒有輸贏。

香筒裡的香平靜地在燃燒著，香尖帶著稀鬆但執著的弧度微微曲著，灼燒的部分被香灰環繞，只要投射的目光稍微渙散，那一明顯的紅點便會變得極為模糊，哪怕你知道眼睛一直盯向它，但你不會看到那一紅點，你甚至看不到香支，看不到香筒。直到又一小截香灰掉下，你才會定睛看著香支，看著香筒，這會兒你看清楚了香筒的模樣，以及三根香之間的間距，你會根據每根香支所剩的部分知曉它們灼燒的速度。

她甚至覺得，那將落未落的香灰都比她的骨頭堅韌。早些年裡，她便開始承認自己已經老了。那個夏天，醫生口中的中暑對她來說是一個坎。那是個中午還是下午呢，她想不起來。她的耳朵裡回盪著機器轟鳴的聲音，她試著看向那個夢，在她看來，那就像是一場黑色的夢，她看到自己笑得很模糊，夢的邊緣，機器在柔軟的灰色霧氣籠罩之下無聲轉動，就像剛才她盯著正在灼燒的香支那樣，她沒有稍加注意那些機器，而是看著灰黑地帶的中心，那個比現在的她更年輕的女人，那個女人她知道是誰，勞力尚可的她，臉上湧現一股莫名的模糊的笑意之後，一切都軟綿綿地坍塌了，包括她的身體。這一回她倒是看到了，那個女人是如何跌倒在地的，她軟綿綿地像一只韌性十足的布偶，悄然選擇地面，她的臂膀，腰身，腿部，腳背，身子能貼著地面的部位都貼到了。機器仍在寂靜地轉動，機器內部的力仍在持續輸出相應的力道陪伴著時間。灰黑的框內出現了一個年輕的女孩，她看清了，女孩是她們村的。女孩問她躺在地上幹什麼，她沒有應答，女孩連續叫她幾聲，在問她話，她無力地看向她笑，沒有說話。

睜開眼時，她看到一條線在她身側的一邊垂落著，由開始的模糊的小灰線，變得近白色繼而是透明的垂落的線條，她看到有半截食指的長度的塑膠容器後，她知道了那是什麼東西。水滴，藥水滴落，有節奏地滴落。她看向身旁的他，還有幾工的那個女孩，她得知自己暈倒了。醫生說，是中暑。中暑二字他第一次聽到，他用布依話和她解釋，她像是因獲悉一個名詞而鬆了一口氣，像是這樣的答案，能讓她心情有所舒緩。

她這輩子就中暑的這個時段最覺安寧了。沒有夢，聽不到聲音，自己身在何處完全不用理會。機器聲在她倒下的那一刻就選擇遺忘她了。

至今她仍不敢細想，如果那次沒有被人發現怎麼辦。她遇到同村的那個女孩，便發自內心地想要與她更親近，加上那個女孩的母親也是從幾工嫁到葦走的，她們原本就經常在一起說話，如今是走得更近了。女孩的姊姊嫁到他的家族裡，女孩稱他作大哥，喊她作姊姊。

後來女孩換廠了，不再出現在廠裡。女孩在電話裡說她嫁人了，信了外省的一個男孩。和她說怕她擔心，也怕村裡人知道攔著她。她能說什麼呢，一個女人，一旦信了一個男人，她的一生都要跟著男人走了。未來，未來是什麼樣子她們無從知道，並且她們也不知道漢語裡有「未來」這一詞，她們在布依話裡，用另一個聲音加以翻譯和替換，她們說的是「以後」，她們的一生沒有未來，只有同樣看不清楚的「以後」。女孩將她的手機號給她的姊姊，說在村裡苦，找不到活路，去廠裡多少能有些事情做，在家種一年的包穀，也掙不到什麼錢。

女孩的姊姊同姊夫來到廠裡，是她和他去接的他們。女孩央求她，一定要和她姊姊相互照顧，在外面一定要照顧好自己。女孩說這話時，彷彿她去的地方便不是「外面」了似的。家鄉以外的地方都是外面啊。

在外面的艱難，很多時候她都沒有和人說起過。在外面打工的日子，她回家都不會和任何人說。她不想讓別人知道，她心裡清楚，總會有人幸災樂禍的，別人嘴上不說，私下裡幾個人遇到了，肯定會瞧不上他們。她知道，她只要供應小兒子上學，不和人借錢，鄰里就找不到說的，尤其是惡婆。她很久沒叫惡婆作惡婆了。在外面再怎麼不容易，總是能掙到一些錢的，在家除了四處的酒席，能有什麼呢，何處不用錢呢。只要她堅持，只要他不生病，便何種苦累都可以忍受。

那時候的她，身體上最艱難的時候已經過去了。現在只要把每一天熬過去，便什麼都會好的。當初還在粵地進廠時，她進了燈泡廠，沒做多久就堅持不下去了。她經歷的困苦，至今仍然守口如瓶，甚至選擇忘記。

但真正回望過去時，一些身體上的疼痛如何忘得了呢。那一次在粵地，她受不了燈泡廠裡的化學物品氣息，皮膚過敏，身上，頭上，全是大面積的極癢難耐的硬塊。她一回到租房，便將鹽擦洗頭皮，擦洗身子。實在堅持不住，他們才選擇放棄。那時工資多麼少啊，一個月才一千多塊。再後來陸續進了別的廠，她本以為自己最難忘的會是那個燈泡廠，畢竟身體經受的折磨是任何時候都比不了的。恰恰相反，人們的記憶就是這麼健忘。如不是遇到某件事情令她想起過去，她記起來的難忘年月裡，最難過的反而是後來的那個螺絲廠，他們月工資一千八，如整月不請假，則一千八全部到手，但凡請假一天，則要被扣三百塊，請假兩天，除了扣除的三百塊，第二天按一天六十塊扣。一個月能掙多少錢呢，他們更是不敢感冒發燒或者腹痛了，只要不是大病，都要堅持上班。再後來，他們來到了浙地A鎮。

他胃不好，總愛請假，相當於是她一人養活了倆，還有留守家裡的小兒子，大兒子倒是早早出來打工了。

每次想到大兒子，她都想嘆氣。她非常清楚，她不能在他面前提這些事，她只會偶爾在打給小兒子的電話裡嘆氣，並總是在通話的最後幾句勸勉小兒子不要擔心他們，他們在外面一切都好。只要你好好讀書就行了。這是她說得最多的一句話了。

大兒子很懂事，初中上完，自己跑出去打工了，去之前倒是和她說了，並且極力想說服她，稱自己成績沒有弟弟好，自己也滿十八了，也有力氣，很多比他小的人都出去打工了。她沒有答應，她告訴大兒子，外面很苦，也掙不了多少錢。大兒子說，他可以管好自己，父母只要管他的弟弟就可以了。她打過幾次電話，她讓他也同兒子說幾句，他沒說幾句就掛了，一副無奈勸不了的樣子。勸慰的話全是她在說。他們的大兒子，在他十八歲還差幾個月的那個春節，春節一過完便自己跑出去了。那時候他們兄弟倆還在幾工。

女孩的姊姊叫她阿姊，她叫她阿妹。阿妹學東西很快，她說比在家種包穀容易多了。她笑，哪有那麼容易啊，上夜班才是最難熬呢。她們說好了在同一組，領班也同意了。沒有布匹的時候，她們可以在一塊說些話。他和她沒在同一個組，阿妹的丈夫和他一組。阿妹問過，他為什麼不和她在同一組。她想都沒想便說，她們這邊只需要應對布匹，儘管有時一個人掌管兩個機器，但總歸是比他們那邊少用些力。他們那邊還需要清理布灰，你能想像所有機器吊著一個巨大的布袋，布袋裡是機器絞動布匹刮去的布灰，袋子大了，也就很重，搬的次數多了，也就更累。阿妹沒有說什麼，過後說，也是，那是他們男人要幹的活。

阿妹一家並沒有在A鎮待多久。他們待了不到半年。她和他去接他們是在一個秋末的傍晚。黑車只將他們送到橋上。他們稱那個市郊河橋叫「橋上」，黑車不敢進站，這些年她和他每次回來都要聯繫黑車。黑車的號碼也是他們給的。她和他說，乾脆他們一下班就去橋上接他們，他說讓他們自己來。她說，怕他們迷路。在外面被人坑了也不好啊。她也用了「外面」一詞。這時候她看清了，他們所在之處，無論是橋上通往老家的路，還是老家通往橋上，離開老家，他們便只能是在外面了。她說，要是沒有妹妹，我不知道還能不能活到今天。他說知道了，下班就去接他們。他們本來想和領班的說早點下班，他還在想，需要找什麼藉口。後來是她說，直接和領班的人說要帶人進廠，他們就樂意了。領班的一聽他們要帶人進廠，便直接告訴他們下午的時段不用上班，但需要去和廠長說一聲。她知道，領班也是為了確保一切落到實處。廠裡的任何人，不會想讓誰早一秒鐘下班。

她看到了他們。阿姊。女人遠遠地就喊了她。她回一聲，阿妹。她看向阿妹，像是她第一次出省去粵地打工時的模樣，好奇的眼睛掩飾不了對以後的渴望，她的小心思在家裡已經想好了，包括如何存錢，掙錢了如何花，不，一定要省著花，需要用錢的地方太多了。阿妹的神情，興奮的同時藏不住一絲小膽怯。但她相信有她阿姊和阿哥在，他們遇到的困難不會是什麼扛不住的事情。

5

他後來多次說，世事就是那麼殘忍。在後來的那個冬季中的一天，前一夜下起了大雪，阿弟一大早即失蹤了，阿妹無法去上班，阿弟的手機沒有帶。阿妹打電話給她，在電話裡哭著說，阿弟找不到了。她勸阿妹別擔心，昨天都還好好的，他一定是去哪個朋友家的，或者出去買東西了。阿妹還是哭，說以前他起床都會喊她的。阿妹在電話裡說，阿弟的鞋印只有門口積雪處有，還有南邊的樹下有他的幾個鞋印，路上經過的車輛將巷子裡的鞋印抹掉了，只有車輪駛過的痕跡。她說，南邊就是小賣部，是通向菜場最短的路，可能他想早起給她買吃的。阿妹只剩下著急的心，她說買什麼不知道告訴人一聲啊，買什麼需要去這麼久啊，平時這個時間我們都在去廠裡的路上了。

這個早晨，是他在做早餐，他煮的麵條，他一邊聽她們講話，一邊攪拌麵條。他向她示意麵煮好了。她打了一個只有他懂的手勢，意思是讓他先吃。他將麵撈到兩個碗裡，在自己的那一碗加上麵湯，就是放一點油的麵湯，還有給她準備的油辣椒，他胃不好，沒有放辣。他小心翼翼地吃麵條，時間還有些時候，他們離廠裡稍微近一些，可以晚十多分鐘過去。

她對阿妹說，她陪她一起出去找阿弟，阿妹說不行，那會浪費她一天工。阿妹打算白天自己先在附近找找，等他們下班了再請他們幫忙一起出去找。電話裡各種猜想都討論過了，阿弟不見了。她們不知道有失蹤這個詞，她們的話語裡多次重複「不見」二字，並討論，應該怎麼辦，她們說得最多的「怎麼辦」，依然不知道怎麼辦。她堅持要陪她出去找，並安慰她，兩個人出去放心些。阿妹還是不忍心。她說要不是她妹妹，她現在也不知道在哪裡呢，自家人就不要太客氣，她讓她不要太擔心。她匆匆煮了四個雞蛋。叫阿妹在那邊自己吃點早餐。吃早餐時，他說，可能做活路做煩了，曠工出去和朋友喝酒去了。她說沒聽說他們在這邊和哪些人熟。他說經常有人去他們的住處喝酒，認識的人比我們多多了。她說，她也忘了讓她打電話問那些熟悉的工友。但想必阿妹也都問過了。他說，葦走在A鎮也還有幾個人的，說不定他們商量出去哪裡逛了，又不想讓阿妹知道。

她說了他幾句，把別人想成什麼樣的了。他說，你又不是男人。她懶得和他說，她除了和阿妹走得近些，對阿弟也真是一無所知，平時也只是家族有什麼事，大家才聚到一起來幫忙，但阿弟是個心寬的人，遇到誰都會最先主動打招呼。她對他說，她也擔心找不到阿弟，但又不敢說出來，一個人怎麼可能一聲不吭就出門了，這都快到上班時間了，他應該也知道，阿妹在等他一起去廠裡。她說如果晚上還是找不到，讓他也跟她們出去找，無論如何都要把阿弟找到。

他說，但願吧。她用狐疑的眼神看著他，好像他知道阿弟去了哪裡似的，只是不想告訴她。憑著二十多年的相處，她知道他如果知曉些什麼，一定會私下告訴她的。她快速將碗裡的麵條吃下，讓他看看雞蛋煮好了沒。他知道她是想帶過去給阿妹，或者在找人的路上餓了隨便對付一下。他讓她再等等，就快好了，他說。

雞蛋在鍋裡滾動的聲音特別刺耳，她覺得此時沸水的聲音變得相當可怕，像是沸水懼怕令它嘶鳴的高溫，隨著水溫持續滾燙，雞蛋和沸水的叫喊愈加駭人。

她和阿妹最先去的是菜場，時間尚早，沒有幾個攤子在張羅賣菜。那個包子鋪倒是正在冒著霧氣。她對阿妹說，不想吃雞蛋，要不買個包子吃吧。阿妹說不想吃。她知道自己也只能心疼地繼續陪著她逛下去。沒有什麼跡象，他們前一晚也沒有吵架，這幾天也沒有遇到什麼不順心的事。阿弟少數幾個朋友這幾天像是約好了盡量不來打擾他，這樣一來，阿弟的失蹤也就顯得更不為人知。

她們把附近的巷道都走遍了，沒遇著幾個人影，彷彿這一帶需要上班的就只是他們從黔地來的人，就只是他們葦走村裡的幾對夫婦，這個村比他們老家一個鎮都要大一百倍，彷彿這裡的人都不用工作。越往巷道深處走，腳印越多，那些獨院外搭的劣質瓷瓦房，沒有門牌號，門上幾乎都上了鎖。雪後的一天較為寧靜，沒有風，也沒有下雨。積極發聲的只有她們踩踏雪地的聲音。偶爾阿妹踩到路邊的水坑時，才會發出泥雪聲。她們依舊沉默著前行，遇到路口就鑽。一開始她們還會相互說些阿弟可能會去的地方。阿妹說最近和阿弟真的沒有發生什麼不尋常的事情啊，多年來他們甚至都沒有怎麼大鬧過，除了在他們的孩子小的時候，阿弟回來說他背孩子去洗衣服時將孩子放在麥田裡曬太陽，自己在溝裡洗衣服，因為這事她將他臭罵一頓過。她說孩子是會翻身的，要是跌到溝裡怎麼辦，要是被瘋狗咬一口怎麼辦。那時候瘋狗多極了。

阿妹說累了也就沒再說什麼了。她也不知道要怎麼才能更好地安慰阿妹。她看著那些緊閉房門的小房子，幾乎是用水泥磚砌的牆，石棉瓦或劣質瓷瓦蓋住房頂。她們越往深處走，巷道邊這樣的小房子也就越多。此時她才覺得，在這個小鎮進廠的人是那麼多啊。其實不用想也知道會有很多人，只是她一天除了待在自己所在的紡織廠，眼裡幾乎沒有別人了。甚至，她關心的只有自己，堅持每一天，這是她對自己說得最多的話。她清楚，自己堅持了一天，堅持一個月，堅持一年，堅持下去，年底又能多掙到一些錢了。那些瓦塊遮蓋住房頂，像是不想讓房屋這巨大的面容發愁時被別人看到，更是為了不想讓房屋哭喊時被人一眼認出來。她覺得這一間間小房子，像是她們民族的婦女戴著頭巾，站在牆根下想事情——可能這些巨大的面孔什麼也沒有想——她們也肩擔重物，或者背著大捆東西走累了，靠在牆根歇一歇。

阿妹走在她前面，阿妹走到哪裡，她就跟到哪裡。這樣的跟隨，自己放心，阿妹也不會太害怕。阿妹輕一腳，重一腳，心事重重。像是雪地反射的光太刺眼，她們不再說話，她們的腳步比先前更慢了，這一天她們的工作便是負責驅遣雙腳，不停地走下去，只要她們不停下來，她們今天的任務就算完成了。這樣的默契，使得她們再也不用說話了，只要雪地還亮著，耳朵只要還能聽到她倆的腳步聲，其他就都不重要。她們沒有再提阿弟，阿弟會在哪個角落待著，她們也沒有去想了。

這樣的找尋，像是在找一個孩子，那不是別人的孩子，恍惚中她知道了，這一路她也在找尋她的小兒子。

她看清了那個在路口將石頭向兒子扔去的女人，那個女人擁有和她相同的一副面孔。所不同的是那個女人比現在的她年輕許多，她從兒子向林中小道奔去的方向追，她高喊，你跑，跑了就別再回來。我不會回來的，兒子說。她氣得從地面上撿起一顆石頭，朝兒子的方向砸去，她當然知道，就算自己用盡全力，也不能將石塊砸到她兒子。她只是感到很生氣，這一刻非常氣自己有這麼一個不聽話的兒子。

今天需要做的勞動是將地瓜藤挪到樓上的長竹竿上掛著，任其乾透，這樣他們的冬天就不用愁沒有豬食餵豬了。她和大兒子一說，大兒子就答應和她一起收拾了，而她的小兒子，明目張膽地說自己不勞動，沒有為什麼，就是不想做。她氣了，一日三餐，沒有讓兩個兒子餓上一頓，孩子養大了，自然要幫父母做些力所能及的家務。她想到自己小的時候，想到別人家的孩子，更覺孩子應該好好教育一下了。

她和孩子的對話從起初的好言相勸，說道理，到厲聲呵斥。她無法容忍，自己這麼勤奮，孩子居然這麼懶惰。孩子已經具備察言觀色的能力，她清楚，只要她還好好和孩子說話，那她找不到提高音量訓斥孩子的理由，道理說盡了，還不聽，只好撲過去，想要教訓一下他。她的小兒子，敏捷地彈開了，躲在一旁，他繼續觀察她的母親，母親臉上的表情，表情抖動的細微變化，都被他捕捉在眼裡。他知道，一旦讓母親捉住，他勢必要好好挨一頓揍。在母親將要碰到他的衣服並抓住他的手臂前，他邁開小腿，衝出院壩，從那個他父親改道沒幾年的幾級石梯跑過。他的母親在身後罵著，不得了，這孩子管不住了。

她追不上兒子，兒子始終離她有些距離，這在他們中間，是段極為安全的距離，她就算力氣再大，也不可能用石頭砸得了她的兒子，而她的兒子，他清楚就算自己停下來不跑，等母親跑來，他再跑也還有機會。這段距離，最後促成了談判的局面，母親好言相勸，說讓他回來，她不打他。兒子當然不信，說，他很清楚，回家就要挨揍了。他的聲音越來越小，他向林中走去，很慢很慢，他也知道，母親不可能追上來了。

她相信兒子到了晚上一定會回家，這中間，她不少和大兒子說些事關家務和責任的話，大兒子倒是不吭聲，只說就這點小事，能有多累。她感到很欣慰。她還沒有想好，等小兒子回來要怎麼處理。丈夫在樓上等著，她和大兒子將地瓜藤一把一把地扔到樓上，他順手接住，將它們掛在竹竿上。丈夫說，今晚回來打一頓就好了，她說打不能解決問題。該懂事的就懂事了，她說這話時看著她的大兒子，並且在孩子身上看到了以前的她，只不過是，眼前的地瓜藤變成了一捆捆黃豆杆。

夜晚來臨。她的小兒子還沒有回來。該吃晚飯的時候，也沒有見到孩子的身影。她低聲說了一句，這孩子還真不敢回來了。她開始回想自己以往訓孩子的情景，她覺得她每次打他們哥倆，都是朝屁股搧巴掌，有多疼，下手力氣多重，她知道。在她這兒，這些都不能叫打。換成丈夫，那才叫教訓孩子。她不會捨得讓丈夫處理。

她想和阿妹說，以前她這麼找一個人的時候，還是找的她的小兒子。她想說，她不知道孩子白天都去過了哪裡，從那個林子走進去，他鑽到了哪些地方……她只好替孩子想，這個白天，他都去了哪些地方。

孩子下午開始逃離，離家出走，她後來在電視上見過這四個字。她和他，還有大兒子忙碌到傍晚，地瓜藤實在太多了，她把果園的地瓜藤都割完了，冬天地瓜莖葉被霜凍壞便可惜，每到秋末他們都會將其收割回屋。他們在討論，那個小混蛋會去哪裡。大兒子說，還能去哪裡，肯定去山上看人們放牛，在哪塊地挖土坑，修公路。什麼修公路，她問。那是小孩子才玩的遊戲，大兒子輕蔑地說出遊戲規則，沒有人陪在山上流浪的弟弟玩時，那無非是一項自娛自樂的遊戲，弟弟會在某塊適宜從事挖掘工作的坡地利用石頭和樹枝做工具，將地面挖出一條公路來，並在公路旁刨出幾個極小的土包，當作山丘，在山丘插上細小的樹枝，當作旗杆，他還會在公路旁留一片小平地，大概有幾個手掌寬，當作演練場，每個演練場擺放幾顆小石子，小石子兩三排，每排的石子顆數相同，當作士兵，在士兵的前面，是一塊稍微更大一點的小石子，是軍團的頭頭……他還要在演練場周圍建築堡壘，或者崗亭……

等到山上所有的牛都回家，所有放牛人都回家，弟弟就會回來了，他說。她的大兒子，小的時候還會被他弟弟叫作哥哥，長大後，弟弟不再喊他哥哥了，他覺得他的哥哥老是換小名，叫他的小名更新鮮。當然，哥哥覺得他們都長大了後，也不會再稱弟弟一聲小弟。

她做好了飯菜，直到他們都把飯吃了，也沒有等到小兒子回來。這天晚上他們故意不等小兒子早早就吃飯。她想看看她的小兒子回來怎麼問吃的。

天上的星月很明亮，在她的印象裡，很少有星月同在的夜晚，不排除她忽略了自己的記憶，她覺得自己埋頭應對田土的時日，應對家務大小事情，應對家裡大小三個男的，應對她發愁的大小事情，太久了，太久。她很久沒有抬頭看看天空了，尤其是夜空。這個等待兒子的夜晚，她坐在門前的錘布石上看了看天空，竟是那麼明亮，星星是星星，月亮是月亮。天上竟然有那麼多顆星星，這樣的疑慮在她很小的時候就有過。她想到她的小兒子，一晃就這麼調皮了，他跑去哪家玩了，玩累了就會回來，她在心裡打算即將去哪幾家看看，是否她的小兒子在他們家。她甚至想，小兒子害怕回來挨打，跟著別村的人走了，帶他走的人是個人販子，專門哄騙落單的小孩。

她沒有找到她的小兒子，在她最焦急的時候，是鄰居家一個晚歸的小孩告訴她，她的小兒子在別人家看電視。她怎麼沒想到呢，村裡沒有幾台電視。她走到那家人的院壩，一只大黑狗笨拙地對她搖尾巴，大黑狗見過太多來屋裡看電視的人了，牠對每一個進門來的人都表示歡迎。她走進那戶人家那間擺放有電視機的屋子，她在眾多站著的小孩中看到了她的小兒子。她用手指戳了一下兒子的肩膀，說回家了。她的兒子看到是她，用極為平常且安分的眼神看了她一眼，繼而慌亂起來，經過她身邊時，快步往家的方向跑。他在路上遇到了他的父親，他條件反射般增加奔跑的速度。

作為父親，他在路上用電筒照了兒子拔腿而去的方向問，會怕挨打了？兒子窮盡所能，向家裡飛奔，即使他父親不用手電筒對著他的背影，夜幕下的人都能辨出他的兒子正在邁開哪條腿，那是兩隻勤奮的腿腳，不用任何人追趕，它們都知道家的方向。

沒有人知道孩子這個傍晚經歷了些什麼。他是如何一退再退，從山裡一截一截縮短山坡和村寨的距離。他在山裡觀察過哪些石洞，哪些土坎下適合睡覺，哪些山地裡有用玉米稈搭的小棚子。隨著星星和月亮擺放在天上，他抬眼看著這片光色，他忘卻了害怕，慢慢向村裡移去，在還不想回家的時刻，他仍在拖延，等到所有人都睡了，他打算悄悄地接近家裡，向馬圈靠近，他不會驚動馬匹，他相信那匹好馬不會大驚小怪，他決定在馬圈上過夜，像一隻家禽那樣蹲在某根圓木上。

孩子一進屋便將自己鎖在逼仄的臥間裡，那是他們家唯一一扇用紅漆噴上的門板，裡邊有插銷。她跟著小跑回到家，他在路上慢條斯理地向家靠近，他在心裡已經知道怎麼教訓他的兒子。她剛跨進家門，就知道小兒子已將她和小兒子共同的臥間的門閉上了，並且麻利地推上插銷。她在外面和兒子說話，叫他出來。兒子在裡邊說，就不出來，他說他知道他們就想打他。她說趕緊出來，沒有人要打他，並且告訴他飯菜都還熱著，她早就再熱一遍了。他進門沒有發出一點聲響，他出現在小臥間門外時，平靜地對那扇門說，快出來。兒子在裡邊倔強地發聲，就不出來。他在門外說，不得了，還真是長大了，這還管不了了。他開始踹門。她瞪了他一眼。他將她撥開。她轉身向木梯走去，爬上木梯，到了樓上，她知道小臥間北面左角有個開口，竹片的長度沒有蓋住那兒，她從竹片鋪成的樓板缺口處滑進小臥間，她青黑的布依婦女的服飾和暗色的光線融到一處，沒有人考慮到她這樣鑽進小臥間有多艱難，一心護子的她沒有其他辦法。

她將插銷移到一邊，他看到門開了，他還想踹門，沒有東西讓他踹，他只好踹他兒子，但她擋在了兒子前面，那一腳踹到了她。她不吭聲，換了一個腔調對他說，差不多得了，吼一下就可以了。他一把將他們的小兒子拉過去，說不教訓還得了。她怪異的腔調讓他有所遲疑，他改為用手掌教訓他們小兒子的屁股。手掌拍打一下兒子的屁股，兒子口中的阿拉伯數字有頻率遞增，兒子說等他長大了要還回來。他更氣了。這一畫面，是父親在拍打一件掉落的厚重衣物或者正在曬著的棉被，兒子在學習數字，一二三四五地念下去……父親有頻率地拍打東西，兒子倔強地數數。

接受挨打，他們的小兒子傷心地哭了，他不知道自己哪裡有這麼大的力氣用來哭泣，或者這場哭泣僅僅只是同自己嘔氣，他的哭聲執著地翻滾著。打到最後，他也懶得打了，他知道他的小兒子肯定會老實一陣子了，他不知道的是，在後來他的打工年月裡，這已經是他最後一次打他的兒子了。

她們最後在離阿妹租房不遠的一座橋下找到阿弟。她們誰都沒有想到橋下可以坐人。在她們決定傍晚再去找他時，阿妹看到橋下有響動，是小石子砸向河面發出的聲音，阿妹在路邊看出了神，她們誰都沒有喊一聲阿弟，只是靜靜地在邊上看著河面，每隔一會兒，便有一顆小石子被扔出來，掉落在橋洞邊的水域，沒有多少水花，她們看著水面，看得入了迷，彷彿她們一開口，小石子就不會再動彈了，橋洞裡便不會有東西被扔出，不會有一顆顆小石子短暫出現後跌進河裡。

阿弟將頭伸出橋洞外時，阿妹哭了。阿妹立馬抱著她大哭。阿弟緩緩地從橋下攀出，像一只虛弱的長臂猿用僅剩的力氣摸索著橋石。他出來時先是一愣，他聽到阿妹的哭聲，他到河岸時，鎮定地看著馬路邊的她們，他充滿歉意地向她們笑了笑。他走到馬路邊，笑著對阿妹說，哭什麼哭啊，我只是想躲一天班。阿妹抱著她的雙手放下了，她垂下的雙手不知道放於何處，就那樣像忽略空氣一樣，她才不會想到要管這雙手要怎麼安放。阿弟不停地安慰阿妹，也向一旁的她不停地道歉，說麻煩她了。她本來想說阿弟幾句的，但話無法說出口，她換了一種話語，連她自己都覺得有些驚訝，她說她也不想上班，我們不應該來進廠上班。

她甚至有種錯覺，她們找阿弟沒有花去多少時間。路上的沉默最終讓給了時間，直到後來，連早先擔憂的處境，都讓路上的雪給照沒了。此後更多的擔心，會有時間去替她們擔心。她知道阿妹不會說阿弟哪怕一句的，她也知道阿妹應該將那雙不知以怎樣弧度垂落的雙手，狠狠敲擊阿弟。阿妹的雙手應該將阿弟推倒在雪地上，阿弟不會回一句，他也不會怪阿妹，阿弟應該被一種氣急敗壞的力道推向身後厚實的雪堆，雪在他們處理家事前不會率先化去。

她跟在他們身後，想不斷找一些話和他們說，但最尷尬的也就是這時候了。她說什麼都覺得不合適，好在這段路到他們的租房沒有多遠，但也正因為這麼短的距離，她都找不到話說，隨便什麼話也行啊。她看向另一條路口，那條路明顯髒汙很多，那是通往菜場的路上，自然是什麼車都要經過的。她一下子有了主意，她買點菜回家做飯。沒話說，就讓他們兩口子繼續沒話說好了。

看不出阿弟有什麼異樣，他們的後背與往日一同下班的背影也沒有區別。這樣的一幕，這種不慌不忙的寂靜，陰天裡，晴天裡，太慣常不過了，因此，他們的身影，他們共同的優待便是這一天是沒有雨的。她發現，積雪竟然比往年厚很多，阿弟是如何做到不留腳印在河岸的，如果白天也可以夢遊，這也能說得過去，她從小就聽老人們說，夢遊人的腳力，是沒有人能跟上的，那種虛空中的力量如有神助，哪怕你家院門被荊棘圈住，他也有神力跨過，哪怕是你平時不敢攀登的山崖，夢遊時也有能力攀登。

他下班回來。她讓他去喊阿妹他們過來吃飯。他說他很累，讓她自己去。她瞪了他一眼，說走幾步路都喊累，走走就不累了。他沒再說什麼，倒了一杯涼開水，喝完即出門。先前她和阿妹說好了，讓阿妹他們不要做晚飯。她將排骨燉好，一盤炒豬肝，一盤炒雞蛋，一份炒花菜，一個白菜豆腐湯。她本來想去菜場買一只雞來燉，但想想好像在慶祝什麼事似的不太妥。

阿弟在門外就說好香啊，又來阿姊家蹭飯了。她聽到阿弟的聲音，說你們來啦，進屋坐。這一個傍晚，像是他們突然放廠似的，一天沒活幹，材料供應不足，工人們得以輕鬆一天。他起身從屋角拿出一瓶廠裡發的黃酒，遞給阿弟。阿弟說不喝酒。他說喝一點嘛，我陪你喝一點。她本來想勸他的，但卻不吭聲，好在黃酒度數不是很高，他肯定忘了自己胃不好，喝一點便會肚子疼。他當真給自己倒了半碗，一點也不馬虎。這在她看來和喝幾斤酒沒有什麼區別。她說先吃飯再喝酒。阿妹也附和說哪有不吃飯先喝酒的，也不見得你們饞到這地步。他們沒有提今天阿弟不去上班的事，這次短聚，倒像是接下來他們兩家中有一家將要辦什麼喜事，找最親的人前來商量，需要準備些什麼才不至於怠慢親戚。這頓飯之後，他們即將為一件大好事擺桌慶祝，說不定是她家裡的大兒子就要回家補辦婚禮了，他們在家裡大擺筵席，親朋好友前來道賀，或者她的小兒子畢業順利找到工作，喊本家長輩來家裡坐坐，喝喝酒，聊聊天，在長輩們的道賀和鼓勵下，他們的兒子下一步的征程將是愈加順利。又或者是阿妹家，突然給他孩子的娃娃親提前辦少年喜酒，對他們的子女祝福，也希望同未來親家在接下來的年月，兩家來往更密切。或者僅僅只是接下來，阿妹家的兒子考上了市裡最好的初中，他們同樣要大設酒席，邀約親朋好友前來共同分享，好好吃喝一番。

阿弟最先提他自己的事。他說讓哥哥和姊姊擔心了。本來阿弟是該稱她嫂子，但阿妹說按幾工的輩分，讓他喊她阿姊。阿弟說他早上突然心煩，不想去上班，只想去哪裡坐一坐，什麼都不想。阿弟繼續說下去，他開始抱怨那些機器的轟鳴聲，他說那些轟鳴聲就像一個被他踹進河的人死前苦苦掙扎發出的聲音，他和這些雜亂的聲音是同謀，共同傷害了落水的人。阿弟用一些他們平時都感到陌生的話語來表達心情。他們都知道阿弟少時念完初中，只因家貧沒能繼續上高中，後來阿弟沉迷於讀閒書，他在村裡是出了名的愛讀閒書的人，你看他去田裡放水，要麼帶一本古龍小說，要麼帶金庸的，或者一些村裡人幾乎不讀的外國作家的作品。甚至有一次，有人在田裡看到他拿著一本叫《男人的一半是女人》的書，他因此被其他男人調笑許久，但他沒有多作解釋，只說讓他們看他們也沒興趣，他們繼續調笑他，說他講給他們聽他們就有興趣。

阿弟說他嘗試過不去聽機器的轟鳴聲，但越不想聽，就越聽得到。聲音像是潮水湧過來，先是堵住他的耳朵，他的耳朵沒有拒絕的力量，他的耳朵如果能將耳朵張開，等耳朵有足夠的空間接納那些聲浪——他換了一個詞——海水，等耳朵足夠吞掉海水，他才會稍微得到安寧。阿弟說，以前不會覺得有什麼會讓他感到害怕的，更年輕的時候一個人走多少個村寨也沒怕過誰，甚至還偶爾和別人衝突差點動刀子。

到最後居然對一個不會說話的機器感到恐懼，說出來誰相信啊，我只好躲到橋下。阿弟說。

阿弟將黃酒灌進喉嚨，他微笑起來，說這裡的黃酒還挺好喝的。阿弟陷入了一個人的獨白，像是他以前看的小說那樣，主人公遇到事情，總會在內心萬般掙扎和焦灼。而那種焦灼，無人可訴，無處可傾。阿弟說他本來只想在無人走過的雪地走幾步，但越走越遠，最後他走到哪裡都不知道，他只好認為這是撞鬼的一天。有誰會平白無故去橋洞裡坐一天呢。他想不通，這件事居然會降臨在他身上。她將一隻手按著阿妹的手。他們被阿弟說的話給迷住了，這麼多年，沒有誰這麼同他們說話，這種說話方式，他們或曾在某個他們看不懂的電影裡面，聽聞過一絲相似的台詞，但彼時的他們，他或者她，或阿妹，他們三個不用等多久，電影裡的人開口不到幾秒鐘，他們立馬換台了，他們知道，除了電影頻道，他們還有很多個頻道可以收看。阿弟說，路上的雪太白了，雪裡發出的溪流聲吸引了他，他跟著溪流一直向前邁步，他只知道向前方走去，他在附近工人必經的那條路上留下第一串腳印，他越走越傷心，雪太白了。好在溪流聲默默地陪伴著他，要是平常，他肯定會想喝酒，坐起來好好看看滿地滿路的雪白，他甚至覺得自己穿上的衣服跟沒穿一樣，他記不得自己衣服上的顏色，他的心裡只有應和溪流聲的心跳，他聽得到自己的心跳聲，心跳聲和溪水流動的聲音都將他帶到遠方。他不知道自己走了多久，那第一串腳印必將被無數人的腳印覆蓋，他去過哪裡，又有誰會知道呢。連他自己都不知道，雪地本應不容許人經過的，但總有人要踩踏這些雪白，踩踏這白淨。即便他不應該，但他還是不自覺地從雪路上走過，溪流聲不急不緩，溪流向前湧動，他也一直向前步行。他的步履很輕，等到他覺察到自己的腳步太輕，他才懂得害怕，這種害怕不再是害怕機器，不是害怕轟鳴聲，而是害怕雪，害怕雪白，害怕白雪。

最後他回到橋洞裡，在那兒可以讓他暫時忘記雪。

這頓晚餐，她知道了阿弟一家要回老家了，月底結工資就走。

她洗碗的時候，她說你有沒有覺得阿弟很奇怪。他說不奇怪，指了指自己的太陽穴，說換作他也這樣，他說他早晚會瘋掉的。她罵他自己亂說話，誰那麼願意瘋了去。

他說還好阿弟沒有喝酒，要是喝酒，在外面凍死都沒有人知道。她說這也是命數，在外面的人都是自求多福。她再次提到了外面。

他問她，你說阿弟在橋下時都想些什麼呢。她說她怎麼會知道。她只知道大家都很難。他沒有接話，過後說，阿弟肯定想過跳河。你又不是他，她說。不跳河的人是不會一個人躲橋下的，躲太久了也就不想跳了。她怪他說話太絕，每家都不容易。他說他是覺得阿弟可憐。她本來想反問，我們就不可憐了？但轉念想到，他剛才喝了一些酒，等會兒他又該肚子難受了。

明天還要繼續上班。

第二部分

1

鞭炮聲又響起了，聲音像是魚群從池塘裡吐泡泡，一圈圈往外湧。

我從老舊的木梯上劃下來，輕手輕腳走到你面前。我說，聽到了嗎，淒厲和自哀的笑聲。你迷茫地看向我，你還沒有足夠的意識認出我來，我的自來熟讓你有點無措。我說，你聽聽。你認真聽了聽，還是沒有捕捉到什麼。我跳到你膝上，有些笨拙的樣子，你想笑出一兩聲，但覺不妥，有誰能忍心拒絕這種毫無保留的信任呢。我將右耳貼近你臉頰，你聽出來了，從我右耳湧出的，正是一個女人的聲音。像是從地漏裡發出的，你說。

我剛剛去過路邊，我目睹了一個老年人給逝去的祖先送行。我陪著他在路邊插香。我們沒有說話，節日氣氛賦予的默契，鞭炮聲已經替我們說過話了，以及踴躍出聲的煙花。

第一陣鞭炮聲是零點四十六分發出的。第二陣是零點五十二分，之後就是一陣碾壓一陣的聲音在趕集了。你知道，初三就這麼來臨了，它也將在下一個凌晨來臨前止步，可你清楚，一切不是一直在流動的嗎。那些早送祖先離去的人，他們不知道祖先離去時，在路上相互等待同伴的時刻有多難熬，再不捨也要在天亮前離去。老人們在路上等著，他們有多難等啊。

可我們不用擔心，節日出演什麼劇碼，他們已相當熟悉。鞭炮聲不會嚇到他們。他們是不會被鞭炮聲嚇到的，這些年漸漸流行起放煙花，這也不會嚇到他們。他們習慣於低頭吃飯聊天，這幾天，飲食這件事情已經有後人替他們安排得井然有序。

我不說你也知道，那尖利的叫聲是她發出的。她的故事，由逃匿的尖利聲溫柔地講述最適合，聲音會暗示它自己，作為聲音——它真的是再好心腸不過的了。它竊取了她一些記憶。我們當真以為世間真有魂魄，那不過是記憶溢出腦際，不斷成長的結果。

出逃的東西，說是魂魄也對，遠離肉身的物種，也該有一個命名。

那他的嘆息聲呢，它同她的嘆息聲，它們該是魂魄，還是脫離肉身的又一個生命。

我只需要用我的三只起支撐作用的平穩的木腳陪伴你就夠了。其實你也清楚，在一些境地下，誰都是那個最無辜的人。

誰都是那個最無辜的人。

你呢，關於你的，你看到了嗎，堂屋那道遊走的閃電，去年它作為一道扭曲的閃電藏於你脊椎，每次它掙扎，你便會感到疼痛無比。沒人會替你想像，你的腰椎剛受傷的時候，你是如何艱難地存活的。

去年冬天的某個週四，你去健身房匆匆並且艱難地鍛鍊了一小時，教練趕著在下一個小時帶另一個學員，他沒讓你做熱身運動便開始做些高強度的運動。就這樣，你第二天起不來了。接下來的第四天，你去醫院拍照，腰椎側彎，謹遵醫囑，你只好躺硬床板思考人生。什麼都想了一遍，甚至思考腰這物件，腰是男人鎮宅之寶、女人扛鼎之作，腰傷了你不可能（不想）躺著看書，腰傷了你不可能陪女友逛街吃飯（你忘了自己單身），腰傷了不想聽感傷的歌看感傷電影說感傷話，腰傷了除了疼痛還無聊，無聊到懷疑天花板比平時矮懷疑燈泡沒昨天亮懷疑……無聊到啟用記憶回憶時間怎麼流淌一生見過幾座橋殺過幾隻老鼠自個怎麼突然一晃單身了七年多，無聊到數這七年多裡有幾個女孩和自己表白……

生病了的人毫無尊嚴，尤其是一個傷了腰的人。腰未見好的時日，你常常像隻田雞仰躺下去，又像只青蛙一樣以待產的姿勢仰面托背而起。

你曾經那麼頹喪。你甚至糾結過外賣點餐，點了一份咖喱飯和一對雞翅，少了一對雞翅，打包的店員和你均不知，少了一對雞翅，不知道用餐的人飽沒飽。但畢竟少了一對雞翅。

一個人可以懷抱頹敗多久呢？有時你點了漢堡，還要加兩個雞翅。要漢堡就夠了為什麼還要兩個雞翅。要雞翅就夠了為什麼還要漢堡。大概覺得忘了吃飯，只選其一不太像吃飯，或者只要兩個雞翅或一個漢堡不好意思？生活處處是難題，比如，不想帶包不想帶鑰匙，鑰匙放哪裡安全。但同時，這些又都太簡單了，只要我們不去考慮，它只會是一件再簡單不過的事情。而難題，我只需要放進一個畫面，關於電梯的畫面，那才會多少像一個難題吧。某次你在電梯門口遇到打交道多次的快遞小哥。你結婚了沒，他問。你說沒。為了避免尷尬，你引出他的下一句，你呢？沒有……結不起，他說。原本以為他結了婚，他說沒有，倒像是要了解一下多年不遇的老友進程。是啊，還沒準備好，你只好用一種能讓他有所共情的尷尬語調說。電梯下到九層，他說，結個婚是要扳掉半條命。好在下到六樓時有人進來，你報以微笑，沒接話。他繼續說，房子，車子，彩禮。你用一種玩笑的口吻說，你這是恐婚了。走出那幢大樓，你本想說，好運。但你改口，拜拜。拜拜，他說。

那是你還在上班的時日了。

你後來還思考了別人口中的人生。你覺得人生不該這樣的，比如在廁所遇到領導，你會低聲膽怯地喊對方一聲。對方往往「嗯」一聲，不露任何感情。有時你看到領導，原本鬆弛的軀體會突然萎頓下來，你的心裡住著一條拖著尾巴的瘦狗。每次經過同事的辦公室門，眼角餘光總覺室內的人都在，定眼一看不過是椅子在那兒，他們辦公室，人總不會來齊。塞在辦公室的人也只是一把椅子罷了。當你的忙碌只有你自己看到時，你便要懷疑，懷疑工作，懷疑環境，你會想看看，不被椅子拴住的生活是什麼樣子。

因此，你過完年回去便要辭職了。沒有任何餘地。他和她，不會知道這件事。

你提出辭職的那天，是年前的一個清晨。當天下午，你突然想起，因為疫情，近來大家都過得挺糟糕，你決定問候幾人情況，無非說些照顧好自己之類的話。包括與大學時期的一位舊友說了幾句，大概她彼時在忙，她回了幾句。晚上十一點零八分續上。聊天內容持續好些時候，再堅持幾分鐘，就可以說到零點了，是你先中斷話語。她老公在玩遊戲，她孩子睡著了，她側身躺著玩手機，她老公看了她一眼以為她睡著了——她老公不曾看她一眼，他愛遊戲勝過愛她，甚至忘了他們還有一個孩子——你看，想像力真是個好東西。

2

這麼多年過去，你還是會想起那個夜晚前途未卜的髮型。

那是你留守多年後，第一次在你就學的縣城迎候他們。你的哥哥還在外省沒有回來。你剛經歷一場別人極為重視的高考，你早已將它拋在腦後。連同被忽略的是腦後自顧變長的頭髮。你出現在她的面前，你沒有喊他們，徑直走到他們面前。走到她面前，你才叫她一聲，媽媽。她說你長高了，不走到她面前，她都認不出你來了。他在旁邊說，怎麼會認不出。這時候你本應該有所察覺，她和他，開始在視力上，從易被忽略的處境裡生出差別。他不知道，她這只是僅僅視力下滑了，其他容易被忽略的，她或他，還有你，你哥哥，你們誰都沒有多加關心她。

她說她腋下起了一個包。你讓她趕緊去檢查，她拖了很多年。她說用消腫止痛酊擦，吃一些消炎藥就會好。

她開始向你訴說，他們坐的是私人開的大巴車，司機不敢進站，將他們放在收費站就繼續前往下一個地方了。他們分別打了三輪車，約定打到縣城老北門，他們的東西太多，要分兩個三輪車才裝得下。他們只好一人帶一批東西，分別打兩輛三輪車。收費站外面，路燈昏暗，她所乘坐的三輪車開太快，很快就丟下了正在抱東西上車的他。她感到很害怕，從收費站到老北門，至少還有十多分鐘。她怕車主將她丟在路上，以為她剛從外面打工回來有錢。她開始和司機說話，說在外面打工一個月掙不到多少錢，一請假就是各種扣，白天黑夜地幹活，一年到頭，只剩點生活費，還好能夠勉強擔負孩子上高中的生活費。司機不停地說大家都不容易，大晚上了，他也還在跑三輪車。

她對你說，她有些害怕。她甚至裝作不經意間對司機說起你們家的幾個舅舅，她的弟弟，一個在縣醫院當院長，一個在法院工作。她說她這樣說，司機就不敢打她主意了。你聽了只是沉默，你認為你還沒有到遇事善於分析，或者主動給她出主意的年紀。

這個晚上，你送他們去旅社找好住處後。她說頭髮很髒，全是汗，想洗頭髮。你在旅社房間裡找不到吹風機。你對她說，要不去你那裡洗吧。

你怕她等頭髮自然乾太耗時，那樣她這個夜晚又將晚睡了。以前上夜班就算了，來到家鄉，哪怕是一個旅館，也不能好好睡覺，這太殘忍了。她到你的住處，誇你東西收拾得還有些整齊呢。你不好意思說是你女朋友收拾的，她前一天早上剛回幾工。

女孩和她是一個村，她以前問過你，是不是在和那個女孩談戀愛。你否認，說上初中時，經常和她同路回幾工，別人傳出你和女孩談戀愛而已。

你在電磁爐上燒好水，將熱水倒入盆裡，加入冷水，調好水溫。你的租房就住在一樓。你將裝滿溫水的水盆端到院壩，盆裡放一個塑膠水杯。你問她，水溫合適嗎。她說剛好。房東家院門旁的燈光投射到她的頭上，你每舀動一杯水，水杯便將光亮晃動幾遍，盆裡的水被攪動後，也將光亮搖晃幾圈。飛蛾對路燈意見極大，牠們聽到了亮光的喧鬧，想去將這靜止的光河撲打一頓，玻璃將光源保護得好好的，關上門，無聲地書寫：飛蛾不得入內。

今晚的水泥梯子極為亮堂。她蹲在院壩邊，你站著給她淋頭髮，水流將她的髮絲沖得緊密相挨，以前她也這般給你洗頭，只不過當時她一隻手給你洗頭，一隻手用水瓢給你頭髮淋水。給你抓頭髮前，她告訴你用雙手自己輕輕抓頭皮，這樣才會洗得更乾淨。當時你是一個小孩，而此刻，她也是一個小孩，是需要另一個小孩陪同洗頭的大小孩。

房東家的水泥圍牆沿著梯子一直往下伸去。他家有兩道門，你們面向長長的這道水泥梯子，斜坡底下，拐角處有一道門，人們很少從這道門進院壩。和你一樣在這家租住的學生，都從院壩左側這道門出入，門外是更為寬闊且擁有較少級數的石梯，五六步就可以踏入院內了。只有你的女友在生你的氣時，才會從眼前順著這道狹窄的水泥階梯往下出逃。你知道她會躲去什麼地方。你悄悄跟過她一次。她在開滿鳶尾花的林中停下，忘了你，也忘了她自己。你悄悄走回，為了做一些彌補，你將她的一雙白鞋從床邊拿出，抽出鞋帶，將鞋浸在盆中，倒入少許洗衣粉，將鞋刷順著左腳的右側鞋幫刷，接著是鞋跟，再轉過去刷左腳的左側鞋幫，最後刷鞋舌。而此前，你已將膠質的鞋沿和鞋尖洗刷過了。等到刷右腳那只鞋時，你從鞋舌開始刷起，繼而刷鞋頭，鞋幫，鞋跟。最後刷兩只鞋的鞋底。刷好鞋，你將兩只鞋用鞋帶穿著，掛在衣架上。那既是你的討好時刻，也是你的負疚時刻。作為一個男生，憑什麼讓一個女孩委屈呢。

你至今還沒有給你母親大人洗過一雙鞋呢。哪怕一次。你忘記了你是怎麼長大的。你只知道此刻，這個寒假你沒有回家，依舊在縣城的租房內。現在你知道了，這個寒假終於可以回家過年。明天她和他將先於你回家，等他們將家裡收拾好了，你就可以回家了。你甚至看到了他在家裡清除院外雜物的身影，他揮動哪一隻手臂，你看得清清楚楚，那些雜草，隨著屋裡住人，即將倒伏，掛在牆上，等到風乾了一些，則被一把火點燃，青煙在院內升騰，無聲無息，只有白日下看不太清的火焰在劈啪作響，偶爾炸出來一個石子短促的爆裂聲。

那隻蝸牛在艱難地順著牆壁往上爬，你有些擔憂，牠會不會爬到明天也爬不過這堵牆。你不知道牠是不是要翻過這堵牆，到牆的另一面謀生。如果牠順著牆角，一直順著這道窄小的水泥階梯往下爬，會不會還沒爬到最底下那道門，牠就已經餓死了。牠也可以選擇等待雨天，等雨水將牠沖走，那樣牠辨別方向，會不會是更加困難了。蝸牛要走的路，跟隨你的想像，耗去了更多的時光。你不得不承認，蝸牛搖動頭上軟弱的觸角，時光便發亮了。

晚上，你和媽媽一起睡。你長大了，你睡床的外邊。自從他們出去打工，你便沒有和她睡同一張床了。

和小時候不同。冬天你睡不著的時候，面向牆壁側躺，將左手反著撓背，你故意用指甲刮過後背，弄出較大的聲響。她聽到了便會伸手用手掌給你撫摩背部，她的掌心布滿裂紋。那雙手抓握過豬草，被冰冷的水浸泡過。和立於門後的那塊砍豬草時用來減少地板損毀的砧板一樣，一刀刀砍下去，砧板上多出一道道裂紋，那些裂紋也爬上了她冬天的手掌。到半夜，你總會像一個嬰兒那樣，將手覆蓋在母親的乳房上。你的少年，也總會在輕輕握著母親的乳房醒來，這讓你擴增了踏實感，至少這些時候，是你熟睡的時刻。冬天冷了，你會將一隻腿蜷曲著放進她的雙腿間，這樣你便不會覺得冷了。而夏天，她將雙腿裸露在被子外面，她的腿因此更為冰涼，天氣炎熱，你會在睡意朦朧中將一隻腳放在她的腿下，仿若床邊正立著一架風扇。這些時候，你都能夠擁有一個富足的睡夢。

你將一切歸咎於暫時性的家境，你們的境遇不是出在人身上。你需要做的只是等待，你也不知道要等什麼。但你腦際清醒的時刻會告訴你，你在等待年歲和時間本身，度過一段時間，就會進入下一個階段，如同此刻，你和她睡同一張床是暫時的。以後你們會擴建房子，你畢業了就好了。她多次說過這句話。

窗外傳來夜蟲的鳴叫。你已經懂事了。知道如何躺著可以一覺到天明，多麼簡單啊，只要將身軀焊在床板上，同晚間的夜光一道等待凌晨，等待新的清晨。你為小時候感到害羞，以前怎麼那麼黏她呢，哪怕白天剛被她揍一頓，晚上全忘記了，眼皮將夢叫醒，新的一天，新的光線又出現在窗前。你不可能再偷懶，她把一天的用水量都挑回來了，你再不起床，又將是一頓臭罵。

窗外有一道土坎，土坎上是房東家的菜園。對於這道土坎，於蟋蟀來說，就是一座山了，但蟋蟀比人厲害，牠們能躍過山頭，前往更高的平地，穿過草叢，躲在任何牠們想待著的石縫裡歌唱。

此時，你想起你童年時，母親口中的那對母子。

他們出門前，在堂屋神龕的香筒裡擦了三根香。香筒是她的丈夫用乾透了的竹筒新做的，靠近香筒便能聞到竹子特有的木香。一股煙香竄進她的鼻腔。少量的煙香，不至於令她咳嗽。丈夫挑水去了。她前一天晚上即告訴丈夫，她要帶孩子去一趟娘家。丈夫說，路陡，要注意安全。她說知道，走了多少年了。她嫁過來也六七年了。哪一次回娘家，不是要爬山又下坡的呢，她相當有把握，讓丈夫儘管放心。

出門前，她在心裡默默念叨。祖上保佑，讓我們一路平安。她將大門關上，插上門背後的木插銷。從廚房經過，她看了一眼大石缸，還有十幾桶的樣子才滿呢，她的丈夫還要走好幾趟。挑完水後他要去鎮上馱煤回村裡，他答應了幾個鄰家，幫他們馱煤，他們付給他一些工錢。一天只能走一趟，人不累，馬累。鎮上來回要四個多小時呢。即便為了賺錢，養馬人也不會讓他們的馬一天跑兩趟。某種程度上，馬匹和煤一樣，都是黑金，同樣珍貴。養馬人清楚，作為勞力的人馬，和碳塊一樣，也要節省過活。

一切如她所願。路上沒有遇到其他婦女。她最怕的是，在路上有多嘴的女人開口問她，要背孩子去哪裡。孩子還小，走遠路，他們最忌諱婦女開口問話，不答話不好，一說出口，路上的鬼神聽到了怎麼辦。以往幾次，在孩子更小的那些年，不懂事的婦道人家，開口就問，要背孩子去哪裡呀。儘管對方堆著笑臉，她也只是勉強答一聲，去那邊串門。她口中的「那邊」成功躲過了對方的問話。對方知趣地說，走回來時來家裡坐一會呀。

她還沒有給大門插上插銷前，她面向神龕低聲祈求，老祖太公老祖太奶，祖太公祖太奶，太公太奶，你們大人好好護佑我和孩子。念叨完畢，她關上大門。繼而將偏房的小門給關上。木門上的門神紅光滿面，整個畫面充滿祥和之氣，她心安地看了看剛關上的兩道門。她拍了拍在背上的孩子，孩子不說話。她也一聲不吭。他們之間已經擁有出遠門所需的默契。孩子對這一切已經作出正確的反應。她知道不用自己叮囑，孩子也會不說話。她在孩子面前絮叨過幾次，剛出家門最好不要說話。這樣過路的鬼神就不知道我們去哪兒。如果他們率先知道我們要去的方向，他們會在路上等我們。如果不和我們打招呼還好。萬一他們忍不住，開口和我們打招呼，我們不生病，也得不安一陣。孩子似懂非懂，但他用力地在她面前點頭，表示已經領會她所說的。她懼怕的，孩子也懼怕。孩子是不知道他為什麼要懼怕，她則知道自己是懼怕一切看不見的事物。

走出院牆，狗兒不吠，雞群不跳，一切安靜極了。以往一大早叫喚的鳥兒，這個早上也不吭聲。樹木靜候在每一家院旁。鄰居的菜園，柵欄被前日的雨水沖刷過，玉米稈圍城的柵欄，滋生出一股清新的雨後味道。她目隨幾家院牆，望向村小學的屋簷，她已經看到她的兒子，在學校前的壩子上和人玩賽跑遊戲，或者走到另一堆小孩中間，他們正在玩彈珠。鈴聲響起，她的可愛的兒子心有不甘，卻也和其他同伴收起地上的彈珠，爭先向教室奔去，走到他的課桌，在和同桌沒有鬧彆扭前，他的桌子上並沒有出現分界線。她清楚，一旦分界線出現，他的手臂越界，或者同桌的書逾過他這邊來，兩個小孩將在桌下互相較勁，一個踩另一個的鞋背，另一個將沒有理由吭聲，他們之間，誰掐了另一個，必定是有理由的，要想扳回來，他們中間的一個，只好靜待時機。

她背上的孩子精神極了，早上還比平時多吃半碗飯。一路上他在她背上哼昨天她教過的歌曲。他開心地唱著〈茉莉花〉，她卻沒有心情誇他唱得不錯。昨天她才教他兩三遍，他就會跟著她唱了，他們一起唱著「好一朵茉莉花，好一朵茉莉花」，等他自己會唱的時候，他故意邊唱邊將她正在裏好的線團撈到手中，開口重複「我有心採一朵戴，看花的人兒要將我罵」，唱到最後，他將線團還回去，又抓到手中，每抓一次，嘴裡唱一句「將我罵」。她可沒有罵他，只是開心地看著他笑。

一路上各種跡象都在暗示她應該回家去。她走到離村口不遠的那幾家，其中一家的院牆坍塌了，一堆石頭和新土，她聞到了雨水和苔蘚的味道。這堵牆是村裡最古老的圍牆之一，現在，一場大雨就讓它傾頹了。他們一家在另一端搬石頭，這家男主人低著頭幹活，沒有看到她，等到她從石堆上走下時，這家人的女主人尖利的聲音響了起來，哎呀，老天，擋住你們的去路了，昨天下雨我們聽到嘩啦的聲音，還以為是打雷，早上起來才發現是牆倒了。她面露難色，最後一家了，她還要和她打招呼，如果只是和她說話那應該不會讓她更加心煩意亂。她經過那女人身旁時，她驚訝地看著她背後的孩子。孩子知道她媽媽不想讓別人提起他，將頭埋在她背上。女人熱情地對她說，這麼早背孩子去哪裡呀。她慌亂之下，說去外家，她只想快一點擺脫眼前話多的女人。走到前面下坡路時，她心裡稍微踏實一些，心想總不能敷衍她說去「那邊」，這是他們這邊人不想告訴對方目的地時常用的話。村口過去的那邊，能是哪裡呢，山溝，小河。這幾天溝裡漲水，好在前人將大石頭埋在溝裡，人們可以直接從大石頭上踩過，儘管她順利踩過這些大石，溝裡的水流衝擊聲，還是將她鎮住了，忘了去想別的事情。

她甚至沒有去想，為何丈夫沒有考慮到今天會漲水，不讓她出門。看著溢出溝邊的水浪，她略為慶幸，還好村裡的水井得天獨厚，不會因為下雨而水質渾濁。身後的咆哮聲很快也將一對過路的母子給遺忘，它們忙著驅趕流水，沖向河谷。

很快她便走到了河邊。河面快上升到木橋的高度了，這座木橋，每隔幾年便會有附近村寨的人來進行翻新，過路的人不會去想木材會不會不結實。這裡的人們除了相信石頭，便是相信木頭，在他們眼裡，石頭和木頭的堅實，是最能令他們感到踏實的東西了。快要走過橋時，她隱約覺得有個東西在橋上看她。她越是往前邁步，越覺得身後可疑。等她回過頭一看，橋上的欄杆，一個彎曲的東西繞著木頭，露出臉目在盯著她，她嚇了一跳，幾乎快哭出聲來。呔走，太上老君！她念了一句這邊人遇到不好的事情時便會脫口而出的咒語。她繼續說，難看的東西，趕緊走得遠遠的，不要讓我看到你，醜陋的嘴臉就該順著河流飄到遠方，不要在我們這兒出現。她顫抖著低聲念叨，嗔怪裡暗含祈求。她就差一點說，求求你趕緊離開吧。那長條物種像是懂人語似的，任尾巴脫離木欄，接著是身軀，繼而是脖子，如果它們有脖子的話，它一扭頭，掉在了河面上，沒有濺起一絲水花。

孩子在她身後醒來，他說，媽媽怎麼了。她從懼怕中回過神來，一切都過去了，當下世界又只剩孩子和她。聽到孩子的聲音，她覺得踏實了起來，說，沒什麼，剛才看到一個不好的東西。孩子沒有再問，他說剛才他睡著了。她沒有回答兒子，她捏著自己的衣角，輕輕地念叨，呔走，太上老君，好的來向我們，壞的去遠遠。她用布依話說了一遍，又用漢話方言說一遍，呔走，太上老君，好的來向我們，壞的去遠遠。

她想快一點到娘家。急匆匆往前走。孩子在她背上玩手指，他用拇指指甲摩擦食指指甲，製造出細碎的啰嚓聲。他問他的母親，媽媽，你猜這是什麼聲音。她沒有回答兒子，繼續趕路。他在背帶裡搖她的肩膀，媽媽，你猜猜，這是什麼聲音。她叫孩子別鬧，對他說，過了這座山，我們就到外婆家了。孩子一聽沒再問他，他試著換左手，拇指指甲摩擦食指指甲，聲音大小一樣，他暗自欣喜，跟他猜的一樣。

除了兒子和她說過幾句話，一路上沒有別的聲音。她的腦子是空白的，路面一直向前伸去，她只有一個目的地，到母親家歇幾天。眼下，村裡的農活都幹完了，他們一家人手少，但不妨礙順利插秧完畢，她去給幾個鄰居家插秧，鄰居們也來幫忙，人多起來，很快就忙完。他負責給她們挑秧苗。挑完秧苗，回家趕上馬匹出門，眼下正值雨季，他料定這些天，山上的青草會長得更好，他喜歡那種青綠，哪些草老了，哪些草還嫩，他往坡上望一眼就知道。路面的石子被雨水沖刷過，每顆小石子亮堂無比，沒有細小碎石的路面也是泥土緊實，雨水早就退去，她知道只有坡上的土壤和無人踩踏的田坎才會被雨水泡軟。而她腳下的這條路，是附近村寨的必經之路，人們趕馬經過，晨起晚歸，放牧的人也清楚這條路是最好走不過的了，哪怕是炎熱的天氣，走在河邊也不會覺得熱，多虧河水，以及河邊的青草和低矮的灌木，彷彿綠色的存在就是為了給人們帶來河風的，或者那些風乾脆是從山頂滑下，翻滾的風，牛馬一定看到了它們的顏色，它們拋棄了放牧人，在河岸開闊地逐風狂奔。

前方出現了一個岔路。自從她嫁到葦走，她一直走的便是左邊這條。右邊這條路，她和許多婦女一樣沒有一刻想要去攀登過。此刻，她卻被一種空茫的心緒牽引，走向右側那條路。那是一條不斷向上攀爬的小路。事實上她遺忘了兩條路，遺忘坦途，遺忘險路。此刻她正在攀登的陡坡，密實的窄小土路將野草和矮小灌木叢分開，一直通往前邊裸露的岩石，和其他道路一樣，這條路同樣擅長遺失經行的腳印。爬過一段陡坡，她走到了牛蹄岩下。前人在牛蹄岩上鑿出僅適雙手攀握的窄面石槽，每上升兩個窄小石槽，雙腳也將有先前的兩個石槽墊住。幾乎沒有婦女選擇爬牛蹄岩。多是一些膽大的男子，不負重物時，為了趕時間或者他們仗著體力和膽量，才會選擇攀爬牛蹄岩。而她，她只知道自己很快就能見到她的母親，她父親正在門口抽旱菸。本來他已經端來半碗酒放在條凳上，被妻子看到了，一句話不說端回去，將酒倒回罈子裡，蓋上蓋子時，被塑膠布包上的布頭緊密地發出瓷實的細響。他看了看院角邊的染飯花樹出神，早起的雞群在院子裡翻啄濕潤的土粒，昨天這場雨，本應讓他睡個踏實的好覺，他卻頻頻起來夜尿。在他更年輕的時候，他總期待雨夜的到來，亟待耕田的硬土會被雨水泡軟，水稻出穗前需要大量的水滋養，最重要的是在每個雨夜裡，他都能將鼾聲夯實。今天是六月六，他不知道女兒會不會過來。

昨天早上，她就知道今天是六月六了。她本來打算喊丈夫和她一起去母親家。她想埋怨他，以前他們也是因為六月六才認識的呢。他肯定忘了，在那個農閒時節，六月六那一天，他們的布依節，他和其他同伴梳好頭髮，換了乾淨的白色襯衫，黑色褲子，藏青色褲子，淺灰色褲子，他們襯衫配西褲，他們爭先恐後爬過牛蹄岩，前去坡正「揚哨」（音）。這邊的布依族人，他們這一代往前，都經歷過「揚哨」。「揚哨」，這是布依族人對青年男女約會和對歌這一活動的稱呼。

們母子。

有可能，那並不是牛蹄印。而是馬蹄。你在後來的一次隨想中想起他

3

要去想小男孩是否見過蹄印，已經無從猜測。人們口中說過的隻言片語，你無法相信那是真實的，卻也沒想去說穿，那是某個老年人習慣給後人編故事時亂加的一段。你聽到的其中一個版本是，他們被一隻母雞驚到，從山腰墜落。他們甚至來不及驚叫，受驚的只是一隻在山崖草叢孵蛋的母雞。母雞也沒想過，一大早會有人登山，牠曾動用過簡單的腦力，料想沒有人登山，才選擇在這裡下蛋。那隻母雞聽到窸窸窣窣的聲音，便開始警覺，小心翼翼地扭脖探去雌性雞頭，牠的一隻眼正和她的兩隻眼睛對上，牠甚至都沒有看到她身上背著小孩，便撲棱著翅膀從崖間飛出，經過她的頭頂。她沒有抬頭，手指更用力地抓握岩石凹槽，雙腳變得僵硬，儘管她雙手緊握石槽，還是被一股彈力將她和背上的小孩帶離山腰。有人

說，她是自己彈出去的，也有人說，是她愣怔間自己鬆開正在抓握的石槽，而僵硬的雙腳根本不足以支撐這對母子。

你還年幼的時候。她常和你說起那對母子。往往是在她背你去幾工的時候，她認真地看路，流著汗，輕微地喘氣，到幾工實在太遠了。如果不走大路，那幾段窄小的坡路你們不得不經過，而這時，她便會開口，不要用腳蹬身旁的聳立的土坎子，這樣你們母與子將會順著路旁滾到坡底，坡下溝壑叢生，你們不知道在哪一處才會停下，也不知道會撞到哪裡，人啊，撞到頭就什麼都沒有了。

她和你說起那對母子。就是因為孩子不聽話，蹬了山岩一腳，娘倆從山腰墜落，直到谷底。她說，那座山叫牛蹄岩。是因為山上一處有一個牛蹄印而得名。傳說中，只有牛爬得上去，人是不能上去的，後來才有人在山崖間鑿上窄小的石槽，通常只有男人們會從那兒上山，很少有女人從那裡過路，實際上它並不是一條路了，她還告訴你，到了山頂，走不遠就到坡正，到岜嗥，到磨泠，到納睢……你覺得這些地名很好聽，比葦走好聽多了，但你還是更喜歡葦走一些，葦走有你很多夥伴，當然了，你最喜歡的還是幾工，你幾乎是在幾工長大的。

你已經記住了，她還在說，走陡路時小孩不能在大人身上晃。

她和你說過的話，你都記住了，在她的嘮叨中，你懂得了很多道理，尤其到了少年時期，她和他出去打工，你留守在幾工的年月。幾工給予你改變性格的土壤，你變得比任何時候都謹小慎微，此前偶爾的任性也丟失無蹤。你也更能比以前的時刻熱衷觀察周遭，你會從一個幼小的小女孩面孔，看到她長大後美麗的模樣，也會從一個積極放牛的小男孩臉龐看出他成年後的堅毅。你獨自在幾工上學的年月，你的性格變得更溫和，說話的聲音極為小聲，總怕得罪著什麼似的。事實上，在幾工，你的外公外婆無比溺愛你。讓你訝異的是，幾工幾乎沒有和你同齡的人留在寨子裡，他們都打工去了。此時，你只是個沒有出過縣城的少年。

那個小男孩如果沒有墜崖，他會長成什麼樣，他如何成長？

你打算向這一難題靠近。他，還有他的母親，還會有哪些人想起他們，你一點把握也沒有。他們家院子你見過，木房子上，有幾處木板坍塌了，露成幾個天窗。以前你還跟隨其他玩伴，偷偷拿著壓歲錢和他們在那裡賭錢。小孩子在一邊，大人們在另一邊。

假設他有一個哥哥，假設他家後來建起了兩間磚瓦房。再後來，他的哥哥還差幾個月不到十八歲便去打工。家裡就只剩下少年一人留守在他外婆家的村子。

你只需要給他家劃一個沉實的平行四邊形的框架，是正方形也好，長方形也好，把他推到一個四邊形的圍牆。對，就是這堵水泥圍牆了，以前它們還是石牆的時候，他在上邊找一個石縫塞進去一角錢，那是他首次有存錢的意識，後來他找不到了，因此那個存錢的舉動只屬於被吞掉的童年的一個微末的想望。

這和你們後來去乾塘買馬多麼相像啊。他們的院子，就像那口湖。那個地方被人們叫作乾塘。他現在再去尋找這口湖，已然是困難重重。舉個最簡單的經歷，每別過一所學校，他之後便不會去那兒了。何況他們兄弟倆只是和父親花了一個白天去乾塘的日程呢。乾旱。這是他和哥哥對乾塘的第一個印象。他們還沒去就知道了。但現在，記憶卻提供給他另一個畫面，那個被人們稱為乾塘的地方，人們想像中的乾塘的位置，或是走在乾塘邊的人們，親眼所見的卻是另一番景象了。水滿湖，連綿不絕，還有竹林，唯獨不見竹林倒映在水塘裡。大概是水塘足夠寬，他們的目力沒法看到岸邊水中的竹子。

記憶沒有弄錯的話，你們在這個苗族村寨裡從一家走到另一家，遇到有馬圈的人家，父親都會上前問，是否有馬匹出售。哥哥學會了一些經驗，他在你耳邊說，下一趟，他想去和他們談價錢。一匹馬如何看出好壞，哥哥說他已經掌握了必要的技巧。他會用他的一隻手將馬嘴掰開，用大小適宜的小棍子橫著塞進馬嘴，這一招是大人所不需要的，哥哥信心滿滿地說，這是考驗馬匹的耐心，除了人們可以仔細看出馬匹的牙口，還能了解馬匹的心性，對突發的遭際，牠是否仍能保持冷靜。哥哥說他對馬匹的態度算好了，他都沒有考慮用包穀核塞進馬嘴。你認為馬匹不會乖乖聽話，牠不一定會將嘴皮往上抬。哥哥打斷你，他說那叫嘴唇。

馬嘴不斷被他和不斷變換的屋主掰開，他們根據馬的牙口談起牠們的年齡和勞力。他忘了身後跟著他的兩個兒子。他的眼裡只有馬匹，對中意的馬匹，他立馬和屋主談價格。至於價格，你們不懂，你在觀看你們所到的院壩，每一戶人家的馬圈幾乎都差不多，不過是木頭或者石頭，瓦片圍城而已。很少有人家用水泥房當作馬圈。你認為，這裡的人們和葦走一樣，他們信任木頭做的馬圈，不至於擔心會有盜賊前來將馬匹盜走。

哥哥模仿他的模樣，自行在心內判斷，一匹馬兒，需要具備些什麼條件才能買回家。你無事可幹，只好將眼目投到你們來訪的院壩，每一家的屋簷，門，門上對聯，字寫得怎麼樣，有一筆寫歪了，有的毛筆字沒有你寫得好……你在心裡給某一家送來強盜。強盜趁他們不在家，是怎樣將木門撬開，不對，你當即否定自己，沒有強搶，只能稱為盜賊，或者用更為簡單的詞，小偷。你在心內給「小偷」這個詞語翻譯為布依話，漢字裡沒有那個音，而布依話裡也沒有文字。你感到有些失落。但這些你不能和哥哥說。他不會對你的問題感興趣。

你看哥哥跟在他屁股背後，儼然長大了也要串村尋馬的模樣。或者此刻他已經是一個馬販子。他一眼都沒有瞧你和哥哥。看得出來，眼前的馬兒，是他想要擁有的馬兒。這足以讓他忘了他有兩個兒子。

那麼台階呢？每一個有馬的人家，都應該有齊整的石梯。乾塘在半山腰，養馬的人家院壩裡有石梯再正常不過了。石梯閃爍的光，在被馬蹄磨平的印跡裡暗自生輝。你盡可能想找一處陰影，在雨後或者經過陽光曝曬後，令石梯閃躲的虛弱。你想找個地方躲一躲，或者靠一靠。村子裡的人家，主人家用苗語相互說話。男主人和他用漢話交流，偶爾回過頭對握著一個盆的女人說幾句他們苗族的語言。你看得出他們也在商量，大概是少多少錢不賣，你清楚，一定有一堆數字瞞著你們，只有那男人和女人聽得懂的數字，他們說完了當作什麼話都沒有說過。他摸著下巴，早上刮過的鬍子，此刻摸起來又有些扎手了。哥哥瞪大眼睛看那匹他們中意的小馬。

關於馬兒，你已經失去了早上出門前抱有的一點兒興趣。早晨你們吃完飯就出發了。他叫上哥哥和你，問你們，要不要去乾塘。你早就聽說過乾塘了，你想去看看那個水塘到底有多深，是不是像家裡的稻田，只是那個被人稱為乾塘的地方，水塘足夠寬，它說到底只是無數塊稻田拼起來那麼寬而已。到了就知道了，你在心裡告訴自己。難得有出門去看另一個村寨的機會，你當然很樂意跟隨哥哥，還有他。路上你們可以扮演一對腰包鼓鼓的小商隊，你們負責出錢，那個叫乾塘的村子負責提供馬匹。雖然你兜裡一分錢也沒有，但你相信只要你們選中了某一匹馬，他便會給出相應的錢，你們得以牽回一匹好看的馬兒。去之前，他就告訴你們，不用買年歲太大的馬，小馬可以養大，年齡大的馬匹，老了就不管錢了，幹不了活，再賣出去也不值多少錢。他沒有告訴你們的是，他手上的錢不足以買一匹富有勞力的成年馬。

回到葦走，已經是下午了，你們在路上耽擱了一些時候。

天太熱，他還鼓勵他的兩個兒子，在乾塘下的水溝洗澡。他告訴他們，以前他經常去河邊游泳。兄弟倆邊玩水邊聽他訴說以前他的英勇。但他在後來講訴的一段遭遇嚇到了他們。他說曾經一次，他鑽進河裡，順著河中央那塊大石頭，他知道那裡藏著很多魚，但那天他摸出來的不是魚，那是什麼，他的兩個兒子問。什麼都不是，他說，看到牠，他便放棄了。他的兩個兒子等他說下去。他說，他看到了一條長魚藏在石縫裡，不排除水光具有放大作用，但那確確實實是一條很大的長魚。兩個孩子知道他說的長魚是什麼，蛇，他們驚呼。他和他們的母親一樣，將蛇稱為「長魚」，這是布依話的意譯，實際上那兩個音應該是「ba yai」（分別是一聲和三聲）。他告誡他們，不要輕易去河邊，河邊雜草叢生，容易有蛇出沒。他沒有再說「長魚」，為了將事情說得嚴重一些，他直接用布依話將「蛇」這個物種說出口。

他說，他有一次去河洞割茅草，正當他將木擔插向捆好的茅草，離河洞不遠的河面上，被一條電杆穿過，電線杆將河岸兩邊的茅草分開，他繼續說，試想一下，就像人們更換雙手將頭髮往腦後抹去，人們梳中分，或者四六分，中間那道分線，想像得到嗎，河面出現一道分線，電線杆向河的另一岸梭去，茅草久久沒有合攏。他的小兒子，沉湎於「茅草久久不合攏」這個意象裡，他沒有去辯駁，說這不可能，蛇是軟體動物，如果速度極快，茅草自身也有一定的彈力，蟒蛇不會那麼重，除非，除非蛇的速度比平時快上一千倍。

他等孩子們穿上衣服。說，走了，該回家了。他看著他們小心翼翼地躲著水流，一絲笑意掛在他嘴邊。

人們幾乎忘了，他曾是個護子狂魔。

大兒子和小兒子剛從外家接回來過年。這一年大兒子五歲，小兒子四歲。這一天，他們從院壩裡溜出牆外，他們沒有玩鞭炮，手上也沒有其他玩具，但路面上的鞭炮碎紙，讓他們感受到了節日的濃郁氣息。他們還不會說布依話。兩兄弟用漢話交流，他們從兜裡掏出母親給的壓歲錢，他們拿在手裡比對，弟弟說，我們的錢是一樣的。對，哥哥說，一樣新。我們的衣服也是新的，哥哥對弟弟說。哥哥沒有牽弟弟，他的弟弟成為他的影子已有些時候。只要大的去哪兒，小的必定跟著去。哥哥在院牆外找尋還沒有被炸碎的鞭炮，弟弟以為他要將它們點燃，他說，沒有火。哥哥說，危險，拿去丟。他們想不出要將沒有被炸碎的鞭炮丟哪兒才放心。哥哥已經開始考慮安全問題了，哪怕他們還沒有去上學。

此時，整個鎮上還沒有幼稚園。他們甚至不知道自己需要上學。過完年，再等幾個月，他們即將被送去他們外婆村裡的民辦小學上學。眼下，哥哥想到了一個辦法，將這些零散的鞭炮埋在牆角。他們找來樹枝，選中一個土質疏鬆的地方，開始進行掘土工作，他們的目標很簡單，只要挖一個稍微像他們的拳頭那麼大的小坑就可以，他們順利地將鞭炮埋進去。哥哥吩咐弟弟去找石頭，弟弟知道哥哥的意圖，將石頭蓋住他們剛埋下的鞭炮，如此，危險即將被他們清除。

兩個小孩沿著院牆外，向亭棚走去。關於「亭棚」，它不過是村寨中央的一大片空地，人們的娛樂，或者舉辦喪事的部分儀式，會在此進行。「亭棚」一詞，是兩個小孩中的一個，在他長大後，根據村人對這塊空地的稱呼，從漢字裡找來同音字，因此，想出了這個詞。以前這塊空地有一個小亭子，或者一個木棚，是供人們商議大事或者閒談的場所。此刻，兩個小孩離開了他們父母的視線，慢慢地向亭棚走去。他們遠遠地看著其他小孩玩鞭炮。他們被眼前的一種特製煙花所吸引，大家叫它「地地轉」，放在地上，點燃引線，像鞭炮模樣的煙花在地上旋轉時噴射出白亮的火光，兩個孩子看得入迷，他們甚至覺得，連煙霧都好看。

他們只會說漢話，還不會說布依話。同齡的小孩對著他們說話，他們說了幾句，對方聽不懂，其他小孩笑了，他們也笑。一個小孩拿一顆給他們，打著手勢讓他們點燃，並遞來火機。兩個小孩說漢話，其他小孩說布依話，但不妨礙他們一起玩。他們正玩得起勁，小孩中間出現了兩三個少年，他們趕走了其他小孩，將說漢話的兄弟倆帶去寨中央。小漢人，說幾句布依話來聽聽。人群中的一個十歲左右的小孩推了一下倆小孩。大的孩子用漢話說，我不會。人群中開始哄笑。

弟弟望著哥哥不知所措，他感覺到一種未曾遇到過的壓迫感，他不知道圍著他們的人會把他們怎麼樣。人群中伸出許多只手推他們，他們說這裡不歡迎漢人。哥哥說，我們不是漢人。圍著他們的人，最大的那一個聽得懂他說的漢話，他對其他小孩說，他說他不是漢人。不是漢人你趕緊說布依話。他們吆喝著要玩丟沙包遊戲，將兄弟倆從一邊推到另一邊。可惜兩個小孩不是沙包，不然那一雙雙手就可以將他們像沙包一樣扔到空中了，再由另一邊的人接住。

人群裡爆發出響亮的笑聲。他們甚至不知道大家是和他們玩遊戲還是在欺負他們。他們還不曾感受過被欺負的滋味。這中間需要一個適應的過程。他們沒有哭，他們以為人群中這麼多只手會放過他們，放他們回家。弟弟看著哥哥被推向左邊，左邊的人群接住後，將用他來和哥哥交換，這樣，弟弟便又在另一邊能看到哥哥了，哥哥在人群中，被好幾雙手按住肩膀。他這邊也一樣，哥哥眼裡的弟弟，正在被一群人按著或托著，坐著的人甚至想把弟弟拋起來，被剛才能聽懂漢話的少年按住，白了坐著的比他小兩三歲的人一眼。聽得懂漢話的人十四歲左右，顯然他是這群人中的孩子王。他娛樂的同時也在權衡力度，他也擔心將別人家的孩子弄傷。最後他提議放棄眼下的遊戲，他說不好玩。小漢人不會說話，只好用來殺豬了。

他們旁邊正好有個U型的土坑。土坑是亭棚附近的人家殺年豬特意挖的，人們在土坑上架上一口大鐵鍋，在坑裡燒柴，鍋裡的水沸騰後便可以用來燙豬毛。人們的年豬早就宰殺完畢。這一土坑卻被人忘卻了，沒有人將其填平。指揮別人的少年，他的外號叫斑鳩。斑鳩沒念過幾年書，遇到趕集天經常背家裡的玉米去集上賣，能說不少漢話。而比他小的孩子，他們還在上學，村裡的教學是用布依話教的，老師念一句課本上的內容，用布依話翻譯一遍。週末時，剛好遇到趕集天，斑鳩會帶他一幫小弟去看電影。當然，他的票錢是孩子們湊給他的，他們踴躍出錢，每人出一角錢，斑鳩一天的飯錢和電影票都有著落了，他們的午飯不會吃太貴的，一碗五角錢的涼粉即可滿足他們的胃口。每個孩子都有外號。從接下來的叫嚷就可以看出來了。

山羊，你家銻盆生鏽了嗎，捨不得拿出來。

你喊我去拿盆了嗎？

不拿盆怎麼放血啊。人群中再次爆發出響亮的笑聲。斑鳩感嘆，找不到燙豬毛的木槽，不然能直接將小漢豬放躺木槽上。斑鳩的小弟命令兩個小孩到土坑裡站著。哥哥拉著弟弟的手。弟弟臉色蒼白，他不知道這些比他大的人要做什麼，他感到身上的壓力越來越重，他眼裡的天色早已發昏，黑雲飄到了他們跟前，湧向他們腳底，他和哥哥站在灰堆上。他們的新布鞋已經極為髒汙了，那是他們的媽媽一邊唱著歌一邊給他們縫製的。那首〈茉莉花〉，弟弟聽了幾遍就會跟著媽媽唱了，「我有心採一朵戴，看花的人兒要將我罵。」「我有心採一朵戴」，「採一朵戴」，他邊唱邊去抓媽媽的線團。他的媽媽看著他笑，沒有將他罵。他的哥哥，對唱歌沒有興趣，自己在院子裡捉小雞玩。他將小雞的頭折到翅膀下，小雞翅膀無法包住牠們的頭部，很快就從翅膀下露出來。他看出來了，他得換一個目標，捉來大一點的雞。他用稻穀引來許多隻雞，選中一隻稍微大些的雞，他順利地捉到雞，將雞脖子往雞翅膀下扭轉，雞脖子很柔軟，也很聽話，他將雞翅膀包住雞頭，抱著雞在屋後轉悠，晃來晃去，不知他手中的雞被弄暈了，還是睡著了，他只當那只雞睡著了。他去喊弟弟來觀賞他的成果。他們開心地盯著那只睡著了的雞研究，並企圖用石頭給雞蓋一個房子。

鄰家的一個女孩慌張地跑來告訴他，她說，弟弟們被人欺負了。他問了一聲他們在哪裡。女孩說，在亭棚。他放下手中正在編織的棕繩。她問，是哪些人欺負孩子們。女孩告訴她，那些人都是哪家的小孩。她知道情況後跑了出去，女孩沒有跟著她去，她怕那些人知道是她告密。

弟弟早就哭了，哥哥似笑非笑看著周圍的人，他試著爬出土坑，又被人群裡伸出的手按下去。

他走過去，說，不得了，大過年的你們玩得很熱鬧。

人群裡的大孩子們開始閃開，他把兩個小孩從坑裡抱出。他問，是誰先鬧的。沒人吭聲。他一把抓住斑鳩，他說，你們是哪家的孩子別以為我不知道，我也不教訓你們。你們自己說說是什麼回事。斑鳩說，他們只是在一起玩。我可是聽說了，再難聽的話你們都說得出，人是人，牲畜是牲畜，把兩個小孩圈在坑裡算什麼。沒家教，他說。在遠處，出現了幾個大人。她走過來，蹲下來給孩子擦鞋上的灰和泥。她心疼地摸著孩子的頭，弟弟抱著她的膝蓋，繼續哭。哥哥瞪著比他大的人，沒有哭。她看著那些大孩子，說，我坐起來，你們坐著也和我一般高，我站著，你們站著也和我一般高。你們長這麼大了，欺負小孩良心過得去嗎？她痛心地問。

他看著孩子，再看看他們，十歲左右的孩子都低著頭，唯獨斑鳩將舌尖抵住上唇不停地輕輕點頭，一臉的叛逆相。他看不下去，用手捏著斑鳩的下巴，說，我也不打你。你回去叫你爹來和我幹架。還有你們，他用手指斑鳩旁邊的六七個小孩，回去叫你們老爹來和我幹架，老子一個人打一串。他將身上軍綠色的衣服脫下扔在旁邊的石頭上，穿著背心，左手捏著拳頭，右手指著孩子們。你們都有耳朵，這下怎麼不吭聲了，趕緊回家叫你們老爹來。沒有一個小孩敢邁出步子。他們都低著頭。斑鳩也低下頭，看著地面。他將斑鳩的身體扳到另一面，面向兩個孩子，問他，一個五歲，一個四歲，你下得了手？斑鳩說，叔，我錯了，以後不會了。她說，大家都是媽生的，你們這麼欺負兩個小孩，哪個母親不會心痛。她的小兒子不哭了，說，回家。她怕他去找幾個小孩的家長，以他的脾氣，他會把別人家的房子都砸了。她拉了拉他，說先回家。他氣不過，越來越大聲。繼續罵眼前的小孩，說從來沒有見過這麼歹毒的孩子，沒教養。他繼續罵，他看出了遠處有一個中年人，是其中一個孩子的父親，他對那個人說，沒家教。那個男人看著他，不敢過來，大聲喊一聲他兒子的名字。他兒子看到了他父親，慢悠悠向他父親走過去，走到他父親跟前，他父親一巴掌扇到小孩臉上，小孩捂住臉，他的父親沒有罵他，抓著他肩膀連推帶拽，向亭棚溢出的一個路口走去，那是他們家的方向。

人群裡出現一個老年人，這位退休了的老師和他家是親戚，了解了原委，他批評了低著頭的小孩們，說，一個個書不好好讀，跟著斑鳩混，你們知道斑鳩是怎麼不讀書的嗎，上學時作業從來不交，還和同學打架。你們再跟他混，我去跟校長說，下個學期你們別想來報名。

斑鳩早就輟學了，人們都以為他以後會吃牢飯。平時老和人打架，去趕集勢必要在褲腰上插一把刀。眼下他面對身旁的退伍軍人，卻膽怯了。他知道再過幾年也不是他的對手。他沒有想到會驚動到他，哪怕他在拿兩個小孩戲耍前已經知道那是他的兩個兒子。他不知道事態會到這一步，他以為僅僅只是玩玩而已，他也不知道後面會有這一齣，他只好歸咎於其他小弟無知且高漲的情緒感染了他，畢竟，他們不會說布依話。他在心裡還是認為，自己只是想逗一下他們。他沒有覺得自己錯了。斑鳩低著頭，僅僅是因為覺得有些丟臉，被一個明確知道自己打不過的人訓斥，他覺得顏面盡失。他有些擔憂，他不知道得過多久才能在人群中找到自信。

他將大的孩子抱回家。問大兒子，你沒有哭嘛。不哭，大兒子說。他摸了摸兒子的臉。小兒子在她的背上趴著，他還無法忘懷剛才令他驚懼的一幕，那種撲面而來的重壓，讓他喘不過氣。他還不知道，此時，他小小的心靈已經開始對世界產生了某種奇妙的呼應，這種對外界捉摸不透的距離，令他的小小心臟持續震顫，這種震顫要比他平時在院子裡跑動後的心跳加速還快。

她說，年後就送孩子們去阿爹家上學吧。

他知道她說的是坡正的那所民辦小學，孩子還小，讓他們的外婆帶一帶也好。

他眼前出現那年六月六，他和其他同伴一起爬牛蹄岩的情景。他下定決心，一定要給兩個孩子講，以後不准爬牛蹄岩，牛蹄岩的年月，只屬於過去的傳說。這個世上，只有不知蹤跡的野牛爬過那座山，並且，牠只在崖間留下了一只蹄印。

4

他在路邊忙碌，香一根一根立在路邊，要是以前的土路還在，他就可以將供香插進地面了。

整個葦走，每家一串香，引路的煙香攀爬村人們的院牆。你昏昏欲睡，沒什麼好等的。你只是在這樣的一個凌晨，遵照習俗，從床上起來，靜候屋內，送別祖先。這股煙香聞久了，也會令人暈倒吧，你抬起右手，拇指關節輕輕抵住額頭。你開始搜尋，她是怎麼中暑的，中暑的感覺是怎樣的。一些氣泡混在她的腦袋裡，相互熙攘，後來氣泡一哄而散，她便跌倒在地。

你嘆了一口氣，沒有聲音。你懷疑自己是否真的嘆氣了。去年，他們在你此刻坐著的位置上哄你的侄子。他抱著孫子說，乖孫孫，你看到我們家是破瓦房就哭了，不像外婆家是大樓房。她瞪了他一眼，用布依話說，你這樣說，孩子怎麼不更是哭得凶。她從他膝蓋上拉住孫子，孫子聽話地到她懷裡來，她叫她孫子的小名，說不哭啊，我們家很快就起新房子了，明年我們回來就建起新房子啊，你叔叔說明年我們就要建新房子了，這個叫老家，老家的房子重修後就是新房子。

明年我們回來就建起新房子啊……明年我們就要建新房子了。

你看向眼前，她在往你保溫杯裡倒水。這次她終於不用幫你守著，她不會再等水變溫。今年你剛回來的第一個晚上，你們都去睡了，她還遲遲沒有去睡。你一直睡不著，手機快沒電了，你走出神龕後的小隔間，看到她還坐著。你問她怎麼還不睡。我想讓水壺裡的水涼一些給你放保溫杯裡，她說。直接放進去，明早就涼了的，你說，上面會顯示溫度，我不會被燙到的。我不知道嘛，她說。你握著的充電線差點被你的指甲摳斷。你回到小隔間，在他有節奏的鼾聲旁躺下。他的鼾聲，一圈一圈往上湧，一波一波左右漾，鼾聲不喜歡攀爬，它們只喜歡放空自身，任空氣將它們馱運至任何一個方向，他或者你，你們隨便翻個身，挪動一隻手臂，都能撥動這群老鼠。

那個墜崖的小男孩。那個沒有墜崖的小男孩。今年你的哥哥沒有回家，侄子也沒有回來過年。你們的床挨在一起，兩個男人的床挨在一起。他的床尾挨著你床頭。她怕你挨著牆壁，有蟲子爬上你的枕頭，給你鋪床鋪時，枕頭放在挨著他床尾這邊。而他，為了便於拉動開關線，他一直將枕頭置於有開關線的那一邊。這麼多年，開關線被你拉斷過幾次，有他在的日子，他自會打開那一黑色小圓盒，打開盒蓋，在一個伸出的鐵片中，找到一個圓孔，將尼龍繩拉線穿孔打結，再蓋上黑色小盒蓋。他嘴裡叼著電筒，這麼些年裡，他從老式鐵皮電筒，到新式塑膠充電電筒，到鐵質小充電電筒，沒人給他照明的時刻，他都將它們叼在嘴裡，光束照射過拉線開關，照射過某根鐵釘，照射過某個洞穴。去年，你見過侄子，短短的春節幾天，他央求你教他做寒假作業，但他沒有耐心，做一兩道題便在桌旁上躥下跳。你說那我們不做了，使勁玩，老師檢查時就說不想做，做作業不好玩。侄子說，不行，老師會罵的。你說沒關係，懟回去，就是不想做。侄子說，不行，這樣不對的。你說，真的不對嗎。侄子說，對。你們繼續做題。後來侄子和你，都被一場冰雹所吸引，你很多年沒有在家見到冰雹了。侄子無比興奮，手舞足蹈。他說，叔叔，你聽，瓦片上的聲音。你知道他說的是冰雹砸在瓦片上的聲音。你說，這是天空之手在彈唱一種古老的樂器，借用你們家瓦房彈奏的音樂。你就編吧，侄子說。她在屋內勸告她的孫子，不要跑出去，被冰雹砸到頭上，砸到哪裡，哪裡以後就不長頭髮了。她的孫子一聽抱住頭，說，這麼恐怖。他很興奮，他說這是他第一次見到冰雹。你覺得，應該是他第一次注意到冰雹。南方的天氣，暴雨冰雹雷電多常見啊，只是他的外婆家住樓房，就算下冰雹，他也以為那只是一場大雨。你，侄子，她，他，哥哥。哥哥還沒有起床。他前一天喊他在廠裡認識的同村夥伴回家裡吃飯。喝了一些酒，他又在酒桌上炫耀自己的工資了，他說，在座的各位，誰的工資高過我。你沒有參與。眼看啤酒快喝完了，他拿出一百塊錢，讓你去亭棚再抱一箱。你沒有接。這姿勢像多年前，你還在讀大學，某個暑假，你們見面時，他豪爽地抽出幾百塊錢，遞給你，說，拿去作零用錢。這麼多年，他沒有存過什麼錢。而另一種寄存，他將你們父親的履歷複製並發揚到省外，將孩子存放在他岳父母家。這是他們第一次見到孫子，你第一次見到侄子。自從大學畢業後，你沒有再和他們拿錢用。你的哥哥，倒是問你要過幾千塊錢。每次打電話超過一分鐘，你基本上可以料定，他將會在下一分鐘，或者即將到來的兩三分鐘裡，他問，你微信裡還有錢嗎。他說，借五百來用用，發工資了還你。這麼多年，你沒有聽見他說要把錢還你，而五百塊錢，可以讓你們的通話時長更長一些。在下一次的長時通話裡，在隨便談些什麼的間隙中，他依然會問，你微信裡還有錢嗎，你微信裡方便嗎，借五百來用用。關於大嫂，你沒有見過她。這對年輕的夫妻……你只見過哥哥帶他的兒子回家。關於他們沒有在一塊生活，你在幾工聽到的版本是，哥哥曾在幾天的時間賭輸了八萬塊。他存有那麼多錢嗎，這不可信，但很多人相信了。他的同齡人都在說，那是他岳父家給他們用來做生意的錢。這個理由很合理，沒有人會去追問，後來那八萬塊怎麼樣了。人們只知道，他賭輸了八萬塊，老婆跑了。你清楚，這口頭上的八萬塊是他虛假的自尊，如同他偶爾會在網路空間上曬工資單一樣，他的月工資甚至比你決定辭職時的月工資還高兩倍。而你稀鬆的尊嚴，也在村人的言談中浮現：他們送他讀書值了，現在留在「省裡面」，有出息了。他們不清楚，編制和聘用等等的辭彙，你去了一家改制了的出版公司，他們遲遲不給你交「五險一金」，連勞動合同也是你工作了一年半才給你簽，「五險」按省會最低一級的標準給你交，你工作四年十個月後，他們終於大發慈悲給你交公積金，依然是最低標準，「百分之五」。你沒有存到什麼錢。這不影響你給家人打氣，過完年，年底，我們就建房。今年你的哥哥和侄子沒有回家。你終於不用和他睡一個床上。去年的春節，哥哥為了給你們一個驚喜。到了縣裡才告訴你，他帶著兒子回家過年。讓你不要和家裡說，他說他要給你們一個驚喜。這個匆匆的驚喜，結果是你不得不和你的父親睡一張床上，母親自己睡一張床，你哥哥和他兒子睡在母親原來的窄小的臥間裡。你的腰椎，受傷三個星期，還未康復，你戴著護腰，側躺在那張不到一米二的單人床的一側，一整夜沒有翻身。你終於熬不住，初四一早便回去，儘管是疫情期間，假期延長到初十才上班。而這次，過完春節，你回去的第一件事就是辭職。

那個墜崖的小男孩。那個沒有墜崖的小男孩。後來或許曾同他的父親趕過一頭豬。那次哥哥沒有跟他去，哥哥覺得，趕一頭豬遜斃了。但那是一頭骨骼優秀的黑毛豬，大人們說，黑豬肉好吃，而他和父親驅趕的這頭豬，正值長肉期，送去給外公餵養正好，賣出去便可惜。豬的興致多麼高，一點脾氣都沒有。牠甚至不需要他們用特製的竹棍驅趕。葦走的人家，趕豬用的器械，是一根長一米五左右的竹棒，在竹子的一端用鐮刀劈成多條裂縫，手握另一端，用這特製的打豬器械敲擊地板，或直接打在豬身上，可以驅趕豬。豬相當聰明，一聽到這竹棒觸地的聲響，往往就乖乖回圈了。從葦走到坡正，需要三個多小時，他們趕豬需要耐心，這一趟從上午走到傍晚也就自然而然了。豬累了，躺在路邊休息。它以為它是一匹遠行的馬。只需要往前走就行。人累了，中年男人和他的小兒子偶爾說幾句話。這是一次親密的跟隨。他和他的父親，還能一道同行的時刻並不多。父親出省打工，他去上學，他畢業，父親還在省外打工。今年初三，他們又有機會一道同行。今天，他們本家中的一戶，即將在中午時給孩子舉行結拜儀式。實際上那個青年已經結婚了，他的媳婦頂著大肚子在一旁看他們忙。他們在這家人的院子裡，同本家老少一起準備東西送去青年的結拜兄長家。臘肉，新鮮豬肉，豬腿，豬頭，方盤，碗碟，豬耳，花生，葵花籽，新米，鞭炮，煙花，啤酒，飲料，米酒……種類繁盛。他們此行，是為了去給青年即將出生的孩子取「戶號」，這邊的布依族，每家都有一個單字稱呼，一個村少有重複的，人們叫某一家，往往在那家小孩名字後加上「戶號」，或者直接說男主人，「抱某」（抱，是男人的意思；亞，是女人的意思），相應的，「亞某」，則是某戶的女人之意。他在青年家的院壩裡，無意發現，生孩子後，給取上戶號，則意味他們可以分家了，一個青年結婚生子後有了戶號，也將同上一代區分開來。這樣，人們在稱呼他們這對年輕夫婦時，以戶號稱呼他們，即意味他們真正組成一個新家了。他對自己的發現有些驚訝。東西太多，他們將備去結拜兄長家供祖先的東西一應放車上，路途不遠，同一個寨子。還沒出門，嗩吶就響了。在青年家吃早餐，他們便出發。他在家吃過早餐了，沒有同大人們坐下吃東西和閒聊。他在青年家院壩邊上站著，陸續有本家的人送來鞭炮，他們約定成俗，每家人出門辦事情，本家前來幫忙的人都會送來一坨鞭炮，集中到一塊，待到目的地，便在那家人的院牆外燃放。鞭炮聲越多，預示他們家來人越多，越有臉面。他和父親，一人拿一坨鞭炮，青年的母親遠遠地看到，說，同一家人還拿兩坨鞭炮，太客氣啦。他們笑著沒有說話，父親說，鞭炮要和大家一起放才好聽。他還能認出一些人，更多的人認不出了。站在青年的結拜兄弟家的院壩中，他自覺像隻毛色怪異的公雞那樣立在人群中，他試著去辨別更多的人。女人們在院壩裡的最邊上煮飯，她們大多穿著純黑或青黑的布料，那些衣服都是她們親手紡織而成。其中最年輕的幾個女人，他還能認出來，雖然二十年左右沒見，他還是能從她們的臉孔找尋到她們少女時的模樣。在等青年同他的結拜兄長在堂屋磕頭和互贈禮物的時間裡，隨行的本家散落在院壩的酒桌上，已經開始喝了起來。他父親沒有參與，即便坐在桌上，他也只是看著其他人劃拳，以及玩牌喝酒。他從一桌看到另一桌，他們有時輸得莫名其妙，酒一喝就是小半碗。青年的結拜兄長這邊也來了很多他們家族的人，人是醉了一撥又一撥。這家人的鄰居，醉了的，自覺從酒桌上離場，高一腳，低一腳，扶牆而去。他看著他們的背影，一個個像剛學走路的小孩。喝得差不多的，便停下來，換另一幫人玩。他只是默默看著，桌上的人邀他好幾次，他說自己不會喝酒。大部分的人都覺得這是理所當然的，遺傳，他父親也不喝酒，知道他們家情況的人，印象裡，他一直在外面上學，並且讓人覺得，他一直在念書，沒完沒了。很多長輩總是錯覺，他依然年紀輕輕，第一句話便是問他，現在在哪裡念書。他說他出來上班了。出來二字，像是已從某座牢籠裡放出，旁人聽到的資訊卻是，他們家終於熬出來了，他有出息了。他偶爾跟著人堆的笑聲發笑，不認識他的人偶爾會抬頭問他，是哪家的人，還沒等他回答，酒桌上知道他的長輩便接話了，站那邊不喝酒的那個的兒，他們開心地笑了，村裡少有不喝酒的男人。他父親偶爾也會和人們喝，不消多時，一個女人總會跟著到別人家去，走到他身邊，說，該回家了，或說哪個親戚到家裡了，讓他趕緊回家。人們會心一笑。這當然是他父親人到中年的時候了，還能聽家屬的話。他有些擔心，父親會和他們喝酒，他早就接到一個任務，來自母親的，她說看著他點，別讓他喝酒。以往，過年前後，他還沒有回家，或是已回去上班，他最怕聽到的是她的來電。她說，你說一下他，他要出去伴客了，讓他別喝酒。你說一下他，讓他回家來，他在別人家喝酒，他身旁的都是誰啊，天天見的本家人，喝什麼酒啊，一喝他又胃痛了，回來又吐個沒完。你打電話給他，讓他回家，就說舅舅來家裡，讓他趕緊回家來。他又在外面喝酒了，你打電話給他，故意問他在家裡做什麼，看他怎麼說……你喊他回來。他又出去喝酒了，剛從外面打工回來，要是醉倒在路上，遇到不懷好意的人還以為他兜裡有一大堆錢。他又喝酒了，你打電話給他……

人群裡更換的面孔，你已不可能再拼出。但你可以對人影進行增刪，某一面鏡子，嵌入一個影子，這是你可以把握的。它們完全可以聽憑你的意願。這也是記憶最大的公平之處。在我們失去的時候，也得到了新的創造之物。可你也因此領受到更多的萎靡。那個年輕的女人，你不認識，她給你添飯的時候，她叫出你的小名，她叫著你，說，我給你添飯呀。你用漢語方言說了一聲謝謝。早年的人們不是這麼說的，他們一般不說謝謝，而是用另一堆話推辭，哎呀，還有很多，我吃完再添。以前添飯時會特意安排一幫少女，候在堂屋，或者院壩的桌子邊，看到客人的碗空了，便會準確地一飯勺下去，米粒在碗裡圍成一副圓實的面孔。她們也不是胡來，害羞的客人總是不好意思喊人添飯。你從那家回來，徑直便回床上睡覺了。他在你之後一小時回家，他在另一張床上倉促扔掉外衣，躺上床，他看到你床上的手機屏還亮著。他說，睡一下吧，早上起來太早了。你們這個遲來的午覺並未持續多久。門外，他的弟弟不停地敲你們家的鐵門。聲音極響。她知道，這個知名的重度酒精中毒者，肯定是又喝醉了。這兩年他沒有出去打工，在家裡從早喝到晚。她跟著你稱呼他為叔叔，她說，叔，回家來坐，不要站在外面。你叔說，大嫂，我喝醉了，我不進屋，我就在院壩裡站一會兒。他開始批評他哥，到現在都還不建房子，整個寨子，就你家還沒有建平房，這樣別人會說的……你看我，我接下來馬上建第二層，第三層，我有錢。你們出去這麼多年，房子也不建，這是不對的，有什麼事情，我在家裡照應，本家這麼多年辦什麼事，我都要回來，家裡全靠我撐著，你們知不知道，你們只知道在外面打工，打工能打一輩子嗎，我一存到錢我就回家，管別人掙不掙錢怎麼掙錢，我知道現在村裡人都喊我酒鬼，沒辦法，就是這副德性，改不了，要改就不是我了。我今天喝醉了，沒和他們去，我讓我的小兒子去。她接話，說，一家人去一個就很好了啊，本家人不會計較的。他說，作為叔叔，我要批評你們，批評本家人，你知道搬去遠一些的本家還和我們往來不，他們不和我們玩了，有事情我也不喊他們，遠一點的稀稀落落，愛來不來，來了也不上心，本家萬萬年，打虎認得親兄弟，一家人就要團結，走遠了的本家就不是一家人了，那些忘恩負義的傢伙，祖上的哪一個不是親兄弟，才多少代人就不一起玩，這像什麼話。——有意見不要來我這兒吼。你聽到他的腳步聲，說話聲，你來不及阻止他。他已經在外面跟他弟弟吵了起來。他說他喝酒亂罵人。他弟弟說他說的都是對的。他不認帳，喊他弟弟趕緊走人。兩個人的聲音都極響。你知道，他也喝酒了。過去她說過，一喝酒回來就悄悄地睡覺，聲音比平時都溫柔。你覺得某個地方坍塌了，你和他談了多次，身體不好便不要喝酒，在家裡也不要和別人爭論。剛才你從那家走出前還悄聲和他說不要喝酒，他說知道。他們在門外越吵越兇猛，不停聽到「砍斷」一詞，砍斷就砍斷，從此我不再來你家。我去喊你來嗎，喝點馬尿就來這兒發酒瘋。你覺得完了。你開始附和她的觀念，她常說，正月忌頭臘月忌尾。你從心情上去考量，年初罵架，這幾天心情不會有多好了。你對他說，好好的罵架幹嘛呢，我媽都說你不在家了，你還要跑出來和他吼。她說，人們經常說，不要和醉酒的人爭論，你再有理，別人都只是覺得是你錯了，酒醉的人懂什麼呢。是咯，我懂什麼，我喝酒了，我的錯，沒法做人了，做人無法了，還有什麼心腸做人呢。他念完，拉一張靠背椅到堂屋，閉眼靠在木梯腳，沒一會兒他又回床上睡覺去了。

她出來和你站在院壩裡。她說，他老這樣，別和他計較，這麼多年了。什麼時候改過這性子呢，在廠裡和別人爭，和別人打架。到家裡接受不了家人念叨，只有沒人說他的時候他是高興的。他只知道睡覺，寨子裡哪家有事情喊他，他一大早就出門去了，到別的寨子更高興，只有在家就懶得動。誰說得了他呢，以前還以為，他聽你的，現在多多少少，他也還會聽你一點。他總是以為，你有工作了，他就可以放心了，他甚至說過，就算他不幹活也有兒子養他，有國家養他，他說他是退伍軍人，只要他去縣裡面領錢，國家每個月給他的錢都夠吃。你前幾天和他說，不是去越南和朝鮮打過仗的，也不是殘疾的退伍軍人六十歲後每月有幾十塊的生活補助，他才不再說退休都有工資這樣的話。你和她搬起椅子坐在院壩上小聲地說話。她手支下巴，對你說，誰知道越往後越難呢，但總歸以後就會好的。她向你訴說的姿態，像是同一個她信任的鄰家女人，或者就是她可靠的姊妹訴說。此刻，她的眼裡已經裝不下你，也裝不下你哥哥，裝不下她丈夫。她眼裡的風，已經在向過去吹拂。我們就像一群小老鼠，看運氣吃飯，這個月找吃的順利，下個月不太好，再下個月也還能撐著，最後也還有一點希望……哪天人老了，就當是被人踩了一腳，什麼也別想，那隻腳總會到來的……能怎麼說呢，說不了什麼的。不要怨，人的一生就是這樣的，飯好吃要過，飯難吃也要過。以前，媽媽，噢，外婆，外婆對我說，不要怪孩子的奶奶，沒有她，也不會有這對男孩，沒有她，孩子的父親也不會從哪裡來。一個不知事，另一個要懂，不要去恨，她不好，你就對她好。外婆和我說了，我才退心的，她說了沒多久就去世了，現在我們再也見不到外婆了。我總是記得她和我說的，每年回來，我都會給奶奶帶一點東西，棉鞋，保暖衣，糖……雖然她以前沒有給過我們什麼，一個不知事，另一個要懂，我一直記得外婆的話。大過年的，不要不開心，心舒暢，做什麼都順利呢，正月忌頭，臘月忌尾，春節敞開心，一年到尾都心寬。以前，我們真慘，要是奶奶在我懷你的時候，她幫我帶你哥，我就不會落下這毛病了，現在一處不疼另一處便疼，做不了重活，當時太奶就對我說過，她說兒啊，以後你要落難了，年老了就遭殃了。果真如此。想想以前奶奶是各種欺負我們家啊。你剛出生那會兒，太奶和她來給我接生，她嫌髒，怎麼都不挨過來，太奶著急了就大聲說她怎麼可以這麼心硬，這是她即將出生的孫子，她不幫忙接生誰來呢，靠太奶一人她力氣不夠，說起來有害羞話，我雙手使勁握著背簍，很慘啊，屎尿都掙出來了，好在你順利出生，那時候要是沒有你爸，你就沒了。你奶奶嫌髒，在給你剪掉臍帶後……剛出生的小孩，大人要用剪刀將臍帶剪掉……隨意給你肚臍打結，沒有繫穩……你一直在流血，血從你臍帶流出來。你爸看著你臉色蒼白，說，小寶怎麼啦，當時你還沒有名字，他叫你小寶，他過去看你，圍片都被你的血浸濕了，滴在地上，他晚一點發現你就沒了，那時真想不到，你會長這麼大。承蒙祖上護佑得好，你們兄弟倆順利成長，那時候我們沒想過要存錢，也沒有什麼錢來存，自家的米捨不得賣，都用來自己吃，你們沒有吃過苦，我們捨不得讓你們吃包穀飯，你們小時候也不用像別人的孩子那樣早早就去地裡幹活，我們一心想送你們讀書，可惜啊，你哥讀完初中就不讀了，現在我也不擔心他了，他自己能找到吃的，能管得他孩子就好，你爸也只是這幾年才這樣的，以前他不這樣，你們小的時候，我和他，他背你哥，我背你，我們去哪裡都將你們帶在身邊，後來送你們去幾工上學，後來又去鎮上，再後來回到村裡讀完小學，哎呀，你睏不睏啊，早上起得早，上午又出去看人家辦事情，沒得睡午覺，睏了就再去睡會兒吧……

以前和往後，它們都是或將是一隻被你忽略的蚊子的逃生之地，只有你被叮了，你才會想起一切。你打算不原諒他，甚至明年不要回來過年了。那隻蚊子，鑽進你的耳朵。你真的忘了，自己是怎麼長大的了，就像是一次墜崖，從山上掉下來，你的人生就開始了。她和你說你剛出生時遇到的危險，你也想起了另一個險情。那次是在你上小學的時候，你回到家，拉開拉鏈要撒尿，被鏈頭夾住了包皮，是他拿出夾鉗幫你解決危機，他成功幫你解決拉鏈問題。他決定給你買內褲，他說你長大了。你頓時原諒了他。

眼下，你知道你明天將置身何處。明天你將抵達村人口中的「省裡面」。那個租房，你會站到窗前，你忘了戴眼鏡。樓下院壩有些空蕩，這座老式社區所在的高地下是馬路，路邊有燈，燈下有河，河的另一岸有人家。

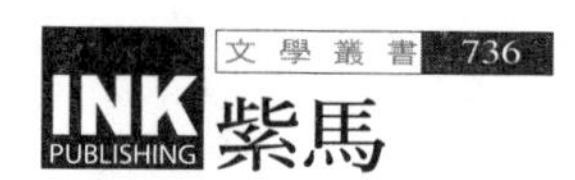

文學叢書 736

紫馬

作　　者　李世成
總 編 輯　初安民
責任編輯　陳佳蓉
美術編輯　黃昶憲
校　　對　李世成　陳佳蓉

發 行 人　張書銘
出　　版　INK印刻文學生活雜誌出版股份有限公司
新北市中和區建一路249號8樓
電話：02-22281626
傳真：02-22281598
e-mail：ink.book@msa.hinet.net
網　　址　舒讀網http://www.inksudu.com.tw

法律顧問　巨鼎博達法律事務所
施竣中律師
總 代 理　成陽出版股份有限公司
電話：03-3589000（代表號）
傳真：03-3556521
郵政劃撥　19785090　印刻文學生活雜誌出版股份有限公司
印　　刷　海王印刷事業股份有限公司

出版日期　2024年 7 月　初版
ISBN　978-986-387-738-7
定價　300元

Copyright © 2024 by Li Shi Cheng
Published by INK Literary Monthly Publishing Co., Ltd.
All Rights Reserved

國家圖書館出版品預行編目資料

紫馬／李世成著；－－初版，
－－新北市中和區：INK印刻文學，2024. 7
面；公分. --（文學叢書；736）
ISBN　978-986-387-738-7 (平裝)

版權所有 翻印必究
本書如有破損 缺頁或裝訂錯誤 請寄回本社更換